ŒUVRES CHOISIES

DE

LEBRUN.

DEUXIÈME ÉDITION.

Tome 1.

PARIS,

EUGÈNE RENDUEL, LIBRAIRE,

Rue des Grands-Augustins, n° 22.

1828

OEUVRES

CHOISIES

DE LEBRUN.

PARIS, IMPRIMERIE DE DECOURCHANT,
Rue d'Erfurth, n° 1, près l'Abbaye.

OEUVRES

CHOISIES

DE LEBRUN.

DEUXIÈME ÉDITION.

TOME PREMIER.

PARIS,

EUGÈNE RENDUEL, LIBRAIRE,

RUE DES GRANDS-AUGUSTINS, N° 22.

1828

NOTICE

HISTORIQUE ET LITTÉRAIRE

SUR

PONCE-DENIS-ÉCOUCHARD LEBRUN.

CE fils de l'enthousiasme et de l'indépendance poétique naquit dans l'hôtel et au service du prince de Conti; ainsi, celui qui devait un jour partager le trône de notre grand lyrique, eut pour premier protecteur le descendant du héros de Steinkerque si dignement célébré par l'Horace français. Bientôt Louis Racine dirigea l'essor de sa muse naissante, et c'est à l'école de cet excellent versificateur que le jeune Lebrun devait puiser son goût passionné pour les anciens; heureux s'il eût constamment suivi les traces d'un guide aussi sûr! mais il entrait dans la nature de son talent d'accorder plus aux beautés audacieuses et irrégulières de Corneille, qu'à la hardiesse toujours correcte et classique du génie racinien.

a.

La reconnaissance lui avait dicté ses premiers
vers, l'amour lui inspira bientôt des chants
dignes de Tibulle. Il est triste qu'un hymen
formé d'abord sous les auspices de la gloire et
des plus chastes voluptés, ait fini par s'éclairer
du noir flambeau des furies. Cette Fanni si
belle, si pure, si fière de son époux, ne rougit
pas de l'abandonner après avoir fait pendant
quatorze ans les délices de son intérieur ; et
l'aimable dieu qui avait présidé à leur union
s'éclipsa dans l'antre de la chicane. Je ne citerai
point les détails de ce déplorable procès où le
poète eut la douleur de voir se liguer contre
lui sa sœur et sa propre mère... De nos jours,
un autre favori des muses, d'un talent plus vi-
goureux encore, lord Byron, devait boire également à la coupe amère des infortunes conju-
gales. Dépouillé par un arrêt du parlement,
le malheureux Lebrun ne cessa d'adorer Fanni; comme jadis Tibulle, son maître, au milieu de ses disgrâces amoureuses, il eût volon-
tiers repris sa chaîne, bien qu'il en connût
toute la pesanteur. Il y avait donc un côté sensible dans l'âme de cet homme que l'on peignit
plus tard comme étranger aux sentimens affec-
tueux.

De nouveaux malheurs viennent ajouter à

l'intérêt qu'il inspire ; la mort du prince de Conti le prive de son emploi, et la banqueroute d'une illustre maison achève sa ruine. Loin de succomber sous tant de coups à la fois, son caractère en reçoit plus d'énergie, et ses ailes pindariques le ravissent à une hauteur jusqu'alors inconnue. Dans ses jours de prospérité, il avait avec succès plaidé la cause de l'infortune au tribunal du génie ; et la petite fille de Corneille put vivre honorablement sous le généreux patronage du digne émule de son aïeul. Aujourd'hui qu'il est en proie lui-même au besoin, loin d'imiter les plaintes importunes de ces pusillanimes enfans du Pinde qui remplissent tout des fastidieux tableaux de leurs tribulations domestiques, il célèbrera la convalescence de l'immortel Buffon, et trouvera encore des vers brillans de verve et d'un courroux dithyrambique pour foudroyer les pâles envieux du Pline français.

Rendu à l'aisance par le comte de Vaudreuil, ce modèle accompli de toutes les vertus chevaleresques, et soutenu du crédit d'un ministre homme d'esprit (M. de Calonne), Lebrun sut maintenir son indépendance et sa dignité au milieu de la faveur puissante des courtisans. « *Ces poètes sont fous,* » s'écriait souvent le comte son protecteur que surprenaient ses singuliers accès de liberté; *mais les beaux vers! les beaux vers!...* Dès lors on pouvait pressentir la muse républicaine qui, plus tard, déconcerterait les titres et les décorations de la victoire, par les vérités courageuses du poème de la nature. Complaisant du pouvoir, mais dans un genre vraiment neuf et d'une dignité originale, même lorsqu'il encensait l'idole, il exerçait encore une sorte d'empire, et conservait à force de génie le franc-parler de l'homme libre. Tel fut celui auquel des biographes contemporains et d'une partialité rancunière voudraient attribuer les plus honteuses palinodies politiques!... Cependant, lorsque la révolution éclata, Lebrun était déjà mûr pour en apprécier les premiers bienfaits; et si après avoir proclamé long-temps d'avance les nouveaux principes dans ses vers, et tonné même plus d'une fois contre le despotisme, cet autre Alcée fléchit le genou devant le premier consul, ce n'était point l'humble adoration de la flatterie, mais l'hommage sincère de la reconnaissance. Ajoutons à la louange de Bonaparte que lorsqu'il combla de distinctions et de richesses le Pindare français, la voix du grand lyrique allait s'éteindre, et qu'il ne pouvait pas même espérer d'obtenir pour ses exploits le chant du cygne; mais il voulait embellir les derniers momens d'un écrivain qui faisait honneur à la nation : c'est par d'aussi nobles motifs qu'il satisfaisait aux besoins, sans cesse renaissans, de l'avide Bernardin de Saint-Pierre, et qu'il offrait au vertueux et désintéressé Ducis la dignité de sénateur.

Plus heureux que J.-B. Rousseau, qui fut *digne de pitié* les trente dernières années de sa vie, Lebrun, nommé sous l'empire membre de la Légion-d'Honneur, jouit jusqu'à sa mort d'une pension de six mille francs. Marié en secondes noces à une femme beaucoup moins brillante que son ingrate Fanni, mais d'un commerce plus doux et plus solide, il atteignit une extrême vieillesse, honoré de ses concitoyens qu'il avait pénétrés d'estime pour son beau talent, et cher à ses amis qui pardonnaient aux écarts de son imagination des traits souvent dirigés contre eux-mêmes. Vers le terme de sa carrière, il perdit presqu'entièrement l'organe de la vue, et loin de s'en affliger il était le premier à rire de cette infirmité qui alimentait sa verve épigrammatique. Le sculpteur Espercieux, à qui l'on devait les statues de Raynal et de Mirabeau, voulut essayer l'effet de son art sur

la tête poétique de Lebrun ; sans doute celui-ci
était bien digne de figurer entre le hardi pen-
seur et l'aigle de la tribune ; mais quel que soit
le mérite de ce buste, dont on célébra l'inaugu-
ration dans une fête qui devait être pour Lebrun la dernière de toutes, on aimerait mieux
généralement le voir représenté sous des formes moins antiques. On s'imagine contempler
la muette effigie d'un philosophe de la Grèce, on
cherche en vain le Pindare moderne, le caus-
tique français du XVIIIe et du XIXe siècle.
Lebrun, né en 1739, fut enlevé aux lettres
et à l'amitié le 2 septembre 1807, après un
affaiblissement subit et total de ses facultés
physiques. Il était presque octogénaire. La postérité confirmera les éloges qui lui furent dé-
cernés par Chénier, son collègue à l'institut,
dans le discours qu'il prononça sur sa tombe.
C'était l'expression franche et sincère d'une
amitié sans aveugle enthousiasme. Nous ren-
voyons au *Tableau de la littérature française*
les personnes qui ne connaîtraient point encore
de quelle manière judicieuse et impartiale le
même écrivain a su apprécier le mérite de Lebrun. Il restera un de nos trois grands lyriques,
à une légère distance de Rousseau, bien que
plus varié, plus fécond, plus naturellement su-

blime ; mais on conviendra qu'il l'égale dans
l'épigramme, dont il semble même avoir agran-
di le champ stérile et borné; nous n'imiterons
donc pas les scrupules de ses anciens éditeurs.
C'est précisément parce que son caractère vain,
irascible, toujours prêt pour l'attaque, lui attira un monde d'ennemis, et dut le faire passer
à son tour sous le feu des représailles, qu'il devient nécessaire de reproduire fidèlement ces
petites pièces où l'auteur a peut-être mis plus
qu'en aucun autre genre de ses compositions le
cachet particulier de son style et de son génie.
La malignité contemporaine pourrait-elle d'ail-
leurs nous savoir mauvais gré de rappeler cer-
tains noms aujourd'hui devenus presqu'invio-
lables, mais qui ne jouirent pas autrefois des
mêmes priviléges auprès du terrible et mali-
cieux critique?.... M. Baour-Lormian, me di-
rez-vous, aura quelque droit de se plaindre de
la résurrection des piquantes épigrammes que
le zèle officieux de ses amis avait fait disparaî-
tre des précédens recueils; mais 'M. Baour est
académicien, ses nombreux titres littéraires
peuvent le consoler des traits d'un *mort-immor-
tel*, il est vrai, mais dont il n'a plus à redouter
de nouvelles blessures : il se défendit au reste
avec vigueur, et succomba, non sans quelque

gloire, dans cette lutte opiniâtre contre le plus
redoutable des assaillans.

De belles dames nous reprocheront-elles d'a-
voir également exhumé plusieurs sarcasmes de
l'infatigable ennemi des Saphos modernes?.....
Nous leur répondrons qu'elles doivent s'en
prendre à leur sexe, si notre Pindare brusqua
plus d'une fois envers leurs amies défuntes les
règles de la galanterie et de la politesse. Fanni
commença la guerre; eut-il plus de repos avec
son Adélaïde, et cette rêveuse et romanesque
Lucile?... Les femmes lui pardonneront comme
à Jean-Jacques tout le mal qu'il aura dit d'elles,
en faveur du vif et profond amour qu'elles
surent lui inspirer.

On trouvera de plus, dans cette nouvelle édi-
tion, quelques Odes républicaines et nationa-
les, qui manquent même à la collection com-
plète. Sous le règne des lois et de la justice,
lorsque tout est stable et paisible, l'éditeur aurait-il besoin de sacrifier plus long-temps à de
vains scrupules, comme à une certaine époque
encore peu éloignée de nous?... Plus on sait au
contraire apprécier de nos jours les bienfaits
d'un gouvernement constitutionnel, plus on
sera curieux de relire ces poésies toutes palpi-

tantes de fanatisme démagogique.... Le tableau
de ce que nous étions autrefois sous le régime
de la terreur et du despotisme militaire, nous
fera mieux sentir ce que nous sommes aujour-
d'hui sous l'empire tutélaire de la charte.

Lebrun chanta tour à tour, Dieu, la nature,
la liberté, le génie, l'amour, la victoire.

> « Malin, tendre, sublime, à l'immortalité
> Il consacra les sots, l'amour, la liberté. »

Nous ne croyons pas, dans ce nouveau choix
de ses œuvres, avoir démenti son épigraphe.

HOURDOU.

ODES.

ODES.

LIVRE PREMIER.

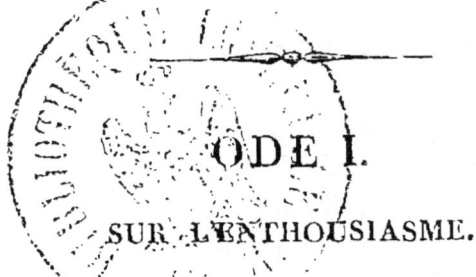

ODE I.

SUR L'ENTHOUSIASME.

Aigle qui ravis les Pindares
Jusqu'au trône enflammé des dieux,
Enthousiasme! tu m'égares
A travers l'abime des cieux.
Ce vil globe à mes yeux s'abaisse;
Mes yeux s'épurent, et je laisse
Cette fange, empire des rois.
Déjà, sous mon regard immense,
Les astres roulent en silence :
L'Olympe tressaille à ma voix.

O Muse! dans l'ombre infernale
Ton fils plongea ses pas vivans :
Moi, sur les ailes de Dédale,
Je franchis la route des vents.
« Il est beau, mais il est funeste
» De tenter la voûte céleste. »

Arrête, importune raison !
Je vole, je devance Icare,
Dussé-je à quelque mer barbare
Laisser mes ailes et mon nom.

Que la colombe d'Amathonte
S'épouvante au feu des éclairs ;
Le noble oiseau qui les affronte
Prouve seul qu'il est roi des airs.
Je brûle du feu qui l'anime.
Jamais un front pusillanime
N'a ceint des lauriers immortels.
L'audace enfante les trophées.
Qu'importe la mort aux Orphées,
Si leurs tombeaux sont des autels ?

Silence, altières pyramides !
Silence, vains efforts de l'art !
Les œuvres de ses mains timides
N'ont rien d'un généreux hasard.
O nature ! ta main sublime
Dans les airs a jeté la cime
De ces Etnas majestueux.
L'art pâlit d'en tracer l'image :
L'œil étonné te rend hommage
Par un effroi respectueux.

C'est de là qu'exhalant son âme
Non loin des gouffres de l'enfer,
Encelade vomit la flamme

Contre les feux de Jupiter.
De ses lèvres étincelantes,
L'incendie aux ailes brûlantes
Fond dans les cieux épouvantés :
Ces étincelles vagabondes
Couvrent l'air, la terre et les ondes
De leurs foudroyantes clartés.

Vaste Homère! de ton génie
Ainsi les foudres allumés,
Avec des torrens d'harmonie,
Roulent dans tes vers enflammés.
Des feux de ta bouillante audace
Jaillissent la force et la grâce
De tes divins enfantemens,
Comme des mers le dieu suprême
Vit éclore la beauté même
Du choc de ses flots écumans.

A mes accords, l'aigle charmée
Ralentit son vol orageux,
Et de sa foudre désarmée
S'assoupissent les triples feux.
Tes chants, divine poésie!
Parfument encor l'ambroisie
Que verse aux dieux la jeune Hébé;
Ton charme atteint le sombre empire;
Et devant ta puissante lyre
Le triple monstre s'est courbé.

I.

Qu'il aille aux gouffres du Tartare
De Typhon subir le destin,
Le cœur jaloux, le cœur barbare
Qui dédaigne cet art divin,
Ce fils des nymphes de mémoire
Qui de la honte et de la gloire
Trace un immortel souvenir,
Et de palmes chargeant sa tête,
Se fait une illustre conquête
De tous les siècles à venir !

O génie ! ô vainqueur des âges,
Toi qui sors brillant du tombeau,
Sous de mystérieux nuages
Souvent tu caches ton berceau.
C'est dans la solitude et l'ombre
Que ta gloire muette et sombre
Prépare ses jours éclatans :
L'œil profane qui vit ta source
Ne se doutait pas que ta course
Dût franchir la borne des temps.

Tel on voit, dans l'empire aride
Des fils basanés de Memnon,
Le Nil de son berceau liquide
S'échapper sans gloire et sans nom.
Du haut des rocs ses flots jaillissent,
Et quelque temps s'ensevelissent
Parmi des gouffres ignorés ;
Mais tout-à-coup à la lumière

Il renaît pour Memphis entière,
Et ses flots en sont adorés.

Divin génie! un cœur de flammes
Est la source de tes élans!
De là tu verses dans les âmes
Tes flots éternels et brûlans.
Ton enthousiasme rapide
Entraîne dans sa course avide
Les peuples, les siècles divers :
Puissance électrique et soudaine,
D'un coup frappant toute la chaine
Qui ceindrait l'immense univers.

Il t'embrasait, ô Galilée !
Quand la terre entendit ta voix,
Et que, loin du centre exilée,
Elle parut suivre tes lois.
Newton ! roi des sphères célestes,
Tu le respires, tu l'attestes
Dans tes calculs audacieux.
Franklin maîtrise le tonnerre,
Et Mongolfier, fuyant la terre,
Se précipite dans les cieux.

Les âmes, de gloire effrénées,
Par un essor inattendu,
Se plongent dans leurs destinées
A travers l'obstacle éperdu.
Un enthousiasme héroïque,

S'ouvrant les ondes du Granique,
D'Alexandre enflamme l'espoir,
Soumet la terre à sa fortune,
Et le montre au dernier Neptune,
Tous deux étonnés de se voir.

Du fond brûlant de l'Arabie
S'élance un prophète guerrier :
Sa loi, que Médine a subie,
Menace l'univers entier.
L'enthousiasme qui l'inspire
Fonde, en courant, ce vaste empire,
Qu'un vain droit n'eût jamais acquis.
La raison, qu'Uranie éclaire,
A révélé l'autre hémisphère :
L'enthousiasme l'a conquis.

Ta promesse n'est jamais vaine,
Instinct de gloire! c'est par toi
Que Némours triomphe à Ravenne,
Condé dans les champs de Rocroi.
Par toi, la bergère amazone
S'armant pour défendre le trône
Qu'Albion voulait conquérir,
Sut vaincre, et sauva nos murailles,
Quand Dunois, La Hire et Saintrailles,
Vaincus, ne savaient que mourir.

Il est plus d'un instant suprême
Que la raison n'ose prévoir ;

Où l'âme au-dessus d'elle-même
Peut tout ce qu'elle croit pouvoir.
Ainsi Mahon vit nos approches
De ses inaccessibles roches
Atteindre le faîte indompté ;
Mais la victoire, sur leur cime,
Frémit en mesurant l'abîme
Qu'elle-même avait surmonté.

L'honneur enfanta ces miracles ;
Mais, ô céleste liberté !
Quand la vertu rend tes oracles,
Tout cède à ta divinité.
O du Français nouvelle amante !
Vierge belliqueuse et charmante,
Comme il te suit dans les combats !
Rival de Rome et de la Grèce,
Comme il brûle de ton ivresse !
Comme il triomphe sur tes pas !

Sans doute il a ses Thermopyles ;
Il a ses champs de Marathon !
Les rois vaincus n'ont point d'asiles
Contre la terreur de son nom.
Fleurus ! ta plaine fut leur tombe.
L'aigle s'enfuit ; Luxembourg tombe ;
Et des murs jadis écroulés
Devant la trompette bruyante,
Je vois dans sa chute effrayante
Les prodiges renouvelés.

Enthousiasme ! que tes ailes
M'emportent sur les vastes mers !
Là , des palmes encor fidèles
Couronnent même nos revers.
Là , par un naufrage sublime ,
Le Vengeur , consacrant l'abime ,
Y descend fier et glorieux :
A peine un flot grondant le couvre ,
Que déjà l'Olympe s'entr'ouvre
A ses mânes victorieux.

O liberté ! que tes orages
Ont de charmes pour les grands cœurs :
Ils ne craignent point ces naufrages
D'où leurs noms s'élancent vainqueurs.
Victime de ton beau délire ,
Dût mon sang arroser ma lyre ,
Content , je mourrai dans tes bras ;
Par d'affreux tyrans menacée ,
A-t-on vu la muse d'Alcée
Pâlir à l'aspect du trépas ?

Le chantre * des vainqueurs d'Élide ,
Plein de leur esprit belliqueux ,
Devance leur course rapide ,
Ou se précipite avec eux.
Parmi des torrens de poussière ,
Son char, dévorant la carrière ,

* Pindare.

Paraît s'égarer dans leurs flots ;
Mais toujours sa roue enflammée,
Rasant la borne accoutumée,
Ravit la palme à ses rivaux.

Ces comètes échevelées
Qui fendent l'air d'un vol brûlant,
Égarent leurs sphères ailées
Aux yeux d'un vulgaire tremblant :
Il craint que leur fatale route
N'embrase la céleste voûte,
Et ne détruise l'univers ;
Mais à l'œil pensant d'Uranie,
Leur désordre est une harmonie
Qui repeuple les cieux déserts.

ODE II.

A MONSIEUR DE BUFFON,

SUR SES DÉTRACTEURS.

Buffon, laisse gronder l'envie ;
C'est l'hommage de sa terreur :
Que peut sur l'éclat de ta vie
Son obscure et lâche fureur ?
Olympe, qu'assiége un orage,
Dédaigne l'impuissante rage
Des aquilons tumultueux ;
Tandis que la noire tempête
Gronde à ses pieds, sa noble tête
Garde un calme majestueux.

Pensais-tu donc que le génie
Qui te place au trône des arts,
Long-temps d'une gloire impunie
Blesserait de jaloux regards ?
Non, non, tu dois payer la gloire ;
Tu dois expier ta mémoire
Par les orages de tes jours ;
Mais ce torrent qui dans ton onde
Vomit sa fange vagabonde
N'en saurait altérer le cours.

Poursuis ta brillante carrière,
O dernier astre des Français !
Ressemble au dieu de la lumière,
Qui se venge par des bienfaits.
Poursuis ! que tes nouveaux ouvrages
Remportent de nouveaux outrages
Et des lauriers plus glorieux :
La gloire est le prix des Alcides :
Et le dragon des Hespérides
Gardait un or moins précieux.

C'est pour un or vain et stérile
Que l'intrépide fils d'Éson
Entraîne la Grèce docile
Aux bords fameux par la toison.
Il emprunte aux forêts d'Épire
Cet inconcevable navire
Qui parlait aux flots étonnés ;
Et déjà sa valeur rapide
Des champs affreux de la Colchide
Voit tous les monstres déchaînés.

Il faut qu'à son joug il enchaîne
Les brûlans taureaux de Vulcain :
De Mars qu'il sillonne la plaine
Tremblante sous leurs pieds d'airain.
D'un serpent, l'effroi de la terre,
Les dents, fertiles pour la guerre,
A peine y germent sous ses pas,
Qu'une moisson vivante, armée

Contre la main qui l'a semée,
L'attaque et jure son trépas.

S'il triomphe, un nouvel obstacle
Lui défend l'objet de ses vœux :
Il faut par un dernier miracle
Conquérir cet or dangereux :
Il faut vaincre un dragon farouche,
Braver les poisons de sa bouche,
Tromper le feu de ses regards ;
Jason vole ; rien ne l'arrête.
Buffon ! pour ta noble conquête
Tenterais-tu moins de hasards ?

Mais si tu crains la tyrannie
D'un monstre jaloux et pervers,
Quitte le sceptre du génie,
Cesse d'éclairer l'univers.
Descends des hauteurs de ton âme,
Abaisse tes ailes de flamme,
Brise tes sublimes pinceaux,
Prends tes envieux pour modèles,
Et de leurs vernis infidèles
Obscurcis tes brillans tableaux.

Flatté de plaire aux goûts volages,
L'esprit est le dieu des instans,
Le génie est le dieu des âges,
Lui seul embrasse tous les temps.
Qu'il brûle d'un noble délire

Quand la gloire autour de sa lyre
Lui peint les siècles assemblés,
Et leur suffrage vénérable
Fondant son trône inaltérable
Sur les empires écroulés!

Eût-il, sans ce tableau magique
Dont son noble cœur est flatté,
Rompu le charme léthargique
De l'indolente volupté?
Eût-il dédaigné les richesses?
Eût-il rejeté les caresses
Des Circés aux brillans appas?
Et par une étude incertaine
Acheté l'estime lointaine
Des peuples qu'il ne verra pas?

Ainsi l'active chrysalide,
Fuyant le jour et le plaisir,
Va filer son trésor liquide
Dans un mystérieux loisir.
La nymphe s'enferme avec joie
Dans ce tombeau d'or et de soie
Qui la voile aux profanes yeux,
Certaine que ses nobles veilles
Enrichiront de leurs merveilles
Les rois, les belles et les dieux.

Ceux dont le présent est l'idole
Ne laissent point de souvenir :

Dans un succès vain et frivole
Ils ont usé leur avenir.
Amans des roses passagères,
Ils ont les grâces mensongères
Et le sort des rapides fleurs.
Leur plus long règne est d'une aurore ;
Mais le temps rajeunit encore
L'antique laurier des neuf sœurs.

Jusques à quand de vils Procustes
Viendront-ils au sacré vallon,
Bravant les droits les plus augustes,
Mutiler les fils d'Apollon ?
Le croirez-vous, races futures ?
J'ai vu Zoïle aux mains impures,
Zoïle outrager Montesquieu !
Mais quand la parque inexorable
Frappa cet homme irréparable,
Nos regrets en firent un dieu.

Quoi ! tour à tour dieux et victimes,
Le sort fait marcher les talens
Entre l'Olympe et les abîmes,
Entre la satire et l'encens !
Malheur au mortel qu'on renomme !
Vivant, nous blessons le grand homme ;
Mort, nous tombons à ses genoux :
On n'aime que la gloire absente ;
La mémoire est reconnaissante ;
Les yeux sont ingrats et jaloux.

Buffon, dès que rompant ses voiles,
Et fugitive du cercueil,
De ces palais peuplés d'étoiles
Ton âme aura franchi le seuil,
Du sein brillant de l'empyrée
Tu verras la France éplorée
T'offrir des honneurs immortels,
Et le temps, vengeur légitime,
De l'envie expier le crime,
Et l'enchaîner à tes autels.

Moi, sur cette rive déserte
Et de talens et de vertus,
Je dirai, soupirant ma perte :
Illustre ami, tu ne vis plus !
La nature est veuve et muette !
Elle te pleure, et son poète
N'a plus d'elle que des regrets !
Ombre divine et tutélaire,
Cette lyre qui t'a su plaire,
Je la suspends à tes cyprès !

2.

ODE III.

QUERELLE DE JUPITER ET DE L'AMOUR.

JUPITER.

D'un trait je puis te mettre en poudre ;
Sors, faible enfant ! sors de ma cour.

L'AMOUR.

Va ! mon arc se rit de ta foudre ;
Crains ce faible enfant, crains l'Amour !

JUPITER.

Orgueilleux ! connais mon empire ;
Vois-tu ces géans foudroyés ?

L'AMOUR.

Dieu tonnant ! vois Léda sourire,
Deviens cygne, et tombe à mes pieds !

ODE IV.

Vitas hinnuleo, etc. Hor.

Tu fuis, bergère timide !
Tu fuis, hélas ! plus rapide
Qu'un faon dans l'ombre égaré,
Qui cherche, au bois solitaire,
Les pas errans de sa mère,
Dont la nuit l'a séparé.

Que l'air agite un feuillage,
Qu'un ramier, sur son passage,
Ébranle un peu les buissons ;
Plein d'une frayeur mortelle,
Il bondit, tremble, chancelle,
Et se perd dans les vallons.

Ainsi la frayeur t'égare :
Mais suis-je un tigre barbare ?
Suis-je un lion en courroux ?
Et toi, farouche bergère,
N'as-tu point l'âge où ta mère
Subit le joug d'un époux.

ODE V.

L'AMOUR DES FRANÇAIS POUR LEURS ROIS,

CONSACRÉ PAR LES MONUMENS PUBLICS.

Tel qu'au cri de l'oiseau, ministre du tonnerre,
Plus léger que les vents, et plus prompt que l'éclair,
Un aigle, jeune encore, élancé de la terre,
    S'essaie à l'empire de l'air :
En vain d'oiseaux jaloux une foule rivale
Veut le suivre, l'atteindre et voler son égale ;
Vainqueur, il disparaît, et plane au haut des cieux :
Tel, au cri d'Apollon, soudain brûlant de gloire,
J'irais, j'irais saisir le prix de la victoire
    Loin des vulgaires yeux.

Mais quels traits de lumière ont embrasé mon âme !
D'un jour pur et divin mes yeux sont éclairés ;
Déjà dans les torrens d'une céleste flamme
    Nagent tous mes sens égarés.
Un dieu vainqueur m'agite, il me guide, il m'entraîne ;
Va-t-il porter mes pas aux sources d'Hippocrène ?
Où suis-je ? quel séjour a fixé mes regards ?
Je reconnais ces murs et ces rives fécondes
Où la Seine, élevant le trône de ses ondes,
    Voit triompher les arts.

Quel spectacle pompeux de vivantes merveilles !
Quel art fait respirer ces marbres, ces métaux ?
Quel heureux Phidias, par de savantes veilles,
　　Nous ressuscite les héros ?
O rois de nos aïeux ! rois conquérans ou justes,
L'amour vous éleva ces monumens augustes ;
Par eux, vos noms chéris bravent les temps jaloux ;
Et des peuples encor recueillant les hommages,
Sur ce bronze animé vos illustres images
　　　Revivent parmi nous.

Puis-je te méconnaître, ô vainqueur de Mayenne ?
Sur un noble coursier t'élançant aux combats,
Tel on te vit jadis aux rives de la Seine
　　Briguer l'empire ou le trépas.
Que j'aime à contempler ce front doux et terrible
Où brille sans orgueil ta valeur invincible !
Le peuple, avec amour, se presse autour de toi.
La France, en te nommant, se croit heureuse encore ;
Tu revis dans le cœur d'un peuple qui t'adore ;
　　　Ton souvenir est roi.

Mais ton fils ne l'est plus, malgré ce nom de juste
Que lui prodigue encore et le marbre et l'airain :
Richelieu, sans pudeur, donna ce titre auguste
　　A son esclave souverain.
De Thou, Montmorency, trop illustres victimes,
De ce règne sanglant nous attestent les crimes.
Marbre ! airain ! taisez-vous, lâches adulateurs !
Ces noms qu'aux rois vivans donne la flatterie,

De ces rois que n'a point avoués la patrie
      Sont les accusateurs.

Est-ce un dieu qui paraît? quel éclat l'environne!
Sur ces rives deux fois il frappe mes regards :
La victoire, en volant, d'une main le couronne;
      Serait-ce le terrible Mars?
Des Titans enchaînés les fureurs menaçantes
Sur un débris épars d'armes étincelantes,
Frémissent à ses pieds, et frémissent en vain.
Il a de Jupiter la majesté suprême;
La foudre est dans ses yeux; c'est Jupiter lui-même,
      Ou le vainqueur du Rhin!

Long-temps il a de Mars allumé les tempêtes;
Sa gloire fatigua l'Europe et ses sujets:
Enfin quelques revers, expiant ses conquêtes,
      Trahirent ses vastes projets.
Mais le flambeau des arts dissipa ces nuages;
Le siècle de Louis, malgré de vains orages,
S'élève, avec splendeur, sur les siècles divers,
Comme on voit du Mont-Blanc la cime éblouissante,
Des Alpes, à ses pieds, souveraine imposante,
      S'élever dans les airs.

Les voilà ces palais, ces temples, ces portiques,
Ces témoins solennels des règnes éclatans.
J'entends Clio graver ces fastes métalliques,
      Mobiles archives du temps.
Quelle pompe, ô Français, règne dans vos hommages!

Votre amour pour vos rois embellit ces rivages.
Quel bord n'est point orné de ces tributs heureux?
Poursuis, peuple fidèle! en consacrant leur gloire,
Ces nobles monumens consacrent la mémoire
        De ton zèle pour eux.

Mais quel bruit de la Seine émeut les flots tranquilles?
Je l'entends soupirer au fond de ses roseaux :
« France! arrosé-je en vain la reine de tes villes?
    » Suis-je en vain reine de tes eaux ?
» Une superbe nymphe, à ma honte honorée,
» De Louis sur ses bords voit l'image adorée ;
» Fière d'un tel honneur elle s'égale à moi.
» Ah! quand pourront un jour mes ondes outragées,
» De la Garonne altière heureusement vengées,
    » Reconnaître leur roi? »

Nymphe! suspends tes pleurs; ta voix s'est fait entendre ;
Tous les arts, à l'envi, déjà servent tes vœux :
Un Lysippe nouveau, d'un nouvel Alexandre
        Va t'offrir les traits généreux.
Non! des héros sanglans qu'il abjure le titre ;
Qu'il soit des nations et le père et l'arbitre;
Du nom de bien-aimé qu'il goûte les douceurs !
Et ne rentre jamais dans la foule vulgaire
De ces rois oubliés, dont l'urne funéraire
        N'a point reçu de pleurs !

ODE VI.

LA NUIT.

Il était nuit; Diane, au milieu du silence,
Éclatait sur un char d'étoiles entouré;
    Et les feux rians qu'il nous lance
Se jouaient sur mon lit aux amours consacré.

Morphée à ses pavots avait soumis la terre;
Delphire m'éveilla dans un si doux moment;
    Et, plus souples qu'un jeune lierre,
Ses bras s'entrelaçaient aux bras de son amant.

Eh quoi, Mysis, tu dors? Cher amant, disait-elle,
Viens goûter du bonheur l'instant délicieux;
    Embrasse une amante fidèle;
Je t'aimerai toujours; j'en atteste les dieux.

Zéphire cessera d'agiter le feuillage;
L'Olympe, qui m'éclaire, éteindra ses flambeaux,
    Avant que Delphire volage
Par un indigne amour rompe des nœuds si beaux.

Le feuillage est encore agité du Zéphire!
L'Olympe nous éclaire encor des mêmes feux!
    Delphire le voit! et Delphire
Prodigue à mon rival ses baisers amoureux.

C'en est fait, de l'ingrate osons briser la chaine !
Elle a trahi mon cœur : que mon cœur soit vengé !
    Payons sa haine de ma haine ;
Rompons avec éclat un amour outragé.

Qu'un rival odieux insulte à ma disgrâce ,
Il ne jouira pas long-temps de mes douleurs ;
    Un même orage le menace ,
Et ses myrtes bientôt seront baignés de pleurs.

Fût-il plus séduisant et plus beau que Nirée ,
Vainement il s'endort sur la foi des amours !
    Delphire, en ses bras égarée,
Peut-être à son réveil le fuira pour toujours.

Qu'alors il gémira d'avoir connu ses charmes ,
Et ses baisers trompeurs et ses frêles sermens !
    Ses yeux en répandront des larmes ,
Et les miens, à leur tour, riront de ses tourmens.

ODE VII.

Θέλω λέγειν Ἀτρείδας, etc.

Je voulais, plein d'un beau délire,
Chanter les Bayards, les Némours,
Mais en vain je touchai ma lyre,
Ma lyre chanta les amours.

Eh bien! sur des cordes nouvelles,
Chantons les héros de nos jours;
Vains efforts! ces cordes rebelles
Ne chantèrent que les amours.

Adieu donc, troupe magnanime!
Grands héros, adieu pour toujours :
Ma lyre, que Vénus anime,
Ne veut chanter que les amours.

~~~~~~

ODE VIII.

A·MON AMI LE JEUNE RACINE,

PARTANT POUR CADIX, ET QUITTANT LES MUSES POUR
LE COMMERCE.

Quoi! tu fuis les neuf sœurs pour l'aveugle fortune!
Tu quittes l'amitié qui pleure en t'embrassant!
Tu cours aux bords lointains où Cadix voit Neptune
    L'enrichir en la menaçant!

Sur les flots, où tu suis ta déesse volage,
Puissent de longs regrets ne point troubler ton cours!
Les muses, l'amitié, ces délices du sage,
    N'ont point d'infidèles retours.

Ton père nous guida tous deux sur le Parnasse :
Nos jeunes pas erraient dans les mêmes sentiers :
Nos jeunes cœurs, épris de Tibulle et d'Horace,
    Aspiraient aux mêmes lauriers.

Quel doux Soleil nous vit, pleins de tendres alarmes,
Pleurer avec Junie et Monime, tes sœurs!
Infidèle à ton nom, infidèle à tes larmes,
    Quel bien te vaudra ces douceurs?

Je demeure ; et tu pars! comme un tilleul paisible
Qui borne ses destins à de rians vallons,

Quand le pin hasardeux fend la vague terrible,
   Et s'abandonne aux aquilons.

O combien ton aïeul frémit au sombre empire
De voir qu'impatient des trésors du Bœtis,
Son fils, son doux espoir, sur un frêle navire,
   Se livre aux fureurs de Thétis !

Malheur à qui des mers franchit la borne antique,
Pour se désaltérer dans les sources de l'or,
Et revint sillonner l'océan Atlantique,
   Ivre d'un coupable trésor !

Chez les mortels égaux l'or rompit l'équilibre :
Le luxe, enfant de l'or, asservit l'univers :
Mortel, qui que tu sois, tu serais encor libre
   Si l'or ne t'eût donné des fers.

Que sert d'un vain métal l'indigente richesse ?
L'or peut-il assouvir ou la soif ou la faim ?
Et voit-on de Plutus la brillante largesse
   Chasser les ombres du chagrin ?

L'Ibère qui t'appelle en ses plaines oisives,
Indolent possesseur de son or vagabond,
Quand Cérès et Bacchus enrichissent nos rives,
   N'étale qu'un luxe infécond.

Trop pareil à ce roi dont l'avare imprudence
Obtint de tout changer en métal précieux,
Pâle d'or et de faim, il maudit l'abondance
   De ses trésors fallacieux.

L'or n'a qu'un vil éclat entre des mains avares :
L'or n'a qu'un son frivole en de prodigues mains :
Satisfait d'assouvir des caprices bizarres,
    Fait-il le bonheur des humains ?

Cet or prendrait en vain les formes de Protée ;
Il serait moins changeant que nos rapides vœux.
La soif de nos désirs, par lui-même irritée,
    Renaît sans cesse de ses feux.

Il est plus dévorant que la triple Chimère :
Il déchire les cœurs dont il fut caressé :
Des coupes de Plutus l'ivresse est plus amère
    Que les breuvages de Circé.

Or, poison radieux dont l'éclat nous consume,
Toi seul guidas Cortès aux bords américains ;
Et toi seul as souillé du sang de Montézume
    Le fer vainqueur des Mexicains.

Avant que ta présence eût inspiré ces crimes,
Plutus, long-temps voisin de l'empire des morts,
Sous des rochers épais, dans les flancs des abîmes,
    Avait reculé ses trésors.

Mais nos avides mains que l'avarice inspire,
Et ce fer, qui devait n'ouvrir que les sillons,
De Cybèle en courroux perçant le vaste empire,
    Pénètrent ces gouffres profonds.

Sous les coups redoublés qui troublent son silence,
Plutus de ses palais voit crouler les lambris :

3.

Il se lève; il menace; il frémit; il s'élance
    Du fond de ces riches débris.

Il voit, il voit son or, jadis inaccessible,
Tressaillir sous les pas des avides brigands.
De l'abîme étonné l'écho sombre et terrible
    Répéta ces cris menaçans :

« Quoi! vous osez, mortels, jusqu'au centre du monde,
» Enlever mes trésors et troubler mon séjour!
» Vous osez, du Tartare ouvrant la nuit profonde,
    » Montrer le Styx au dieu du jour!

» Mais que ne tente pas cette audace effrénée?
» Elle a percé l'Érèbe; elle atteindra les cieux;
» Ils la verront peut-être à l'aigle consternée
    » Ravir les tonnerres des dieux.

» Ah! dans ces gouffres même, et sous vos mains avides
» Entendez-vous mugir le courroux des enfers,
» Et du Styx indigné tous les monstres livides
    » Remplir ces abîmes ouverts?

» Voyez les noirs soupçons, l'effroi, la pâle envie,
» La trahison nocturne, et les meurtres sanglans
» S'attacher à cet or, et menacer la vie
    » De ses ravisseurs insolens.

» Oh! que, mêlant vos pleurs à ces trésors funestes,
» Vous expierez un jour vos coupables larcins!
» Jamais le feu ravi dans les foyers célestes
    » Ne fut si fatal aux humains.

» Recevez dans cet or les dons de ma vengeance,
» Vous , riches des forfaits qu'enfantent les trésors !
» Indigens de vertus, de mœurs et d'innocence,
        » Chargés de faste et de remords !

» Vous qui dérobez l'or, que l'or soit votre chaîne !
» Qu'il soit la coupe affreuse où vous boirez les pleurs !
» Tison de la discorde , et flambeau de la haine,
        » Qu'il dévore ses ravisseurs !

» Oui, de maux, de forfaits j'inonderai la terre :
» Mes feux vont irriter la soif des conquérans :
» J'étoufferai la paix : j'allumerai la guerre :
        » Je couronnerai les tyrans. »

Il dit ; et les comblant d'une affreuse largesse,
Il égare leurs pas : il aveugle leurs yeux :
Il leur soufle l'orgueil, la discorde et l'ivresse
        Qu'exhale un or contagieux.

Les voilà ces bienfaits que Plutus même avoue !
O mortels ! de ce dieu craignez les dons vengeurs ;
Et n'enviez jamais l'insensé qu'il dévoue
        A ses implacables faveurs.

~~~~~~

ODE IX.

QUE L'ÉTUDE DE LA NATURE EST PRÉFÉRABLE MÊME A CELLE DES ANCIENS.

Eh quoi ! la nature est vivante !
Et dans une tombe savante
L'étude ensevelit tes yeux !
Modère une docte manie,
Viens ; la nature est le génie
Qui seul inspira nos aïeux.

Leur main saisit avec adresse
Ces premiers traits dont la déesse
Orna ses tableaux ravissans ;
Mais de ces brillantes images
Le feu, pâli dans nos ouvrages,
N'a que des reflets impuissans.

Ainsi la planète argentée,
Au miroir en vain répétée,
Ne rend qu'une froide pâleur ;
Mais si du dieu de la lumière
Il reçoit la clarté première,
Quels feux ! quelle active chaleur !

Ici, l'audace d'un seul homme,
Armant le soleil contre Rome,

Brûle ses vaisseaux indomptés :
Là , Buffon , d'une main hardie ,
Lance l'éclair et l'incendie
Du sein de ses cristaux voûtés.

Horace ! Pindare ! Malherbe !
Sans l'espoir flatteur et superbe
D'atteindre vos brillans essors ,
Esclave tremblant sous un maître ,
Je serais indigne peut-être
D'admirer vos divins accords.

Soyez donc , ombres immortelles !
Mes guides , et non mes modèles ;
Qu'un autre rampe à vos genoux : .
Il est une gloire plus sûre ;
Vous n'imitiez que la nature ,
Et je l'imite comme vous.

Vers touchans ! pleurs de Simonide !
Vous qui de la fière Euménide
Eussiez pu fléchir les rigueurs !
Lyre qui vengeas Mitylène ,
Et toi , qui fus chère à Mécène ,
A qui dûtes-vous ces faveurs ?

Quelle autre aux grâces réunie
Soupira la tendre harmonie
Des Tibulles et des Saphos ?
Quelle autre inspirait à Racine
Les vers que sa muse divine
Mit dans la bouche des héros ?

Par elle un berger de Sicile
Enfla ce chalumeau facile
Qui fit la gloire de Ségrais :
Par elle le chantre d'Énée
Sut d'une reine abandonnée
Peindre la flamme et les regrets.

Des Homères et des Corneilles
Elle seule, éclairant les veilles,
Immortalisa leurs travaux ;
Et du grand art des caractères
Leur développant les mystères,
Les fit modèles et rivaux.

C'est elle encor que je veux suivre ;
Partout de son auguste livre
J'assemble les feuillets épars :
L'aurore, les fleurs, les ombrages,
La nuit, les torrens, les orages,
Tout la révèle à mes regards.

Phidias ! ton ciseau sublime
A d'Homère emprunté sans crime
Les traits du monarque des dieux !
Jupiter est inaccessible ;
Et l'esprit seul nous rend visible
Ce que jamais n'ont vu les yeux.

Mais pour cette foule d'images,
Dans tous les lieux, dans tous les âges,
Toujours offerte à nos crayons,

Puisons-les dans leur source pure ;
Osons les voir dans la nature,
Et peindre ce que nous voyons.

Loin des mers un crayon stérile
Traduit l'orage dont Virgile
Sut nous faire un brûlant tableau.
Quand Vernet peignit la tempête,
Neptune, écumant sur sa tête,
Admira les traits du pinceau.

O nature ! celui qu'embrase
Ta sublime et rapide extase
N'entend plus les cris de Scylla,
Ni des mers la rive ébranlée,
Ni les flots hurlans de Malée,
Ni les feux tonnans de l'Etna.

O nature ! ouvre-moi ce temple
Où l'enthousiasme contemple
Tes inaltérables beautés !
Là, Pindare, ton interprète,
Sur sa lyre d'or me répète
Ces vers que toi seul as dictés.

« Viens, me dit-il, cœur magnanime !
» Vois la nature qui t'anime
» A tenter un noble hasard :
» Loin d'ici le mortel profane
» Que son timide instinct condamne
» Et plie aux entraves de l'art.

» La nature fait les Homères ;
» L'art fait les poètes vulgaires ;
» Et ses élèves impuissans,
» Vils corbeaux, déclarent la guerre
» Au ministre ailé du tonnerre,
» Par leurs murmures croassans.

» Brave les serpens de l'envie ;
» C'est par eux que fut poursuivie
» La mère du dieu de Claros :
» Suis-la dans son île flottante :
» Et des dieux la faveur constante
» Sous tes pas fixera Délos.

» Souviens-toi qu'un fils d'Euripide
» Lança ta jeunesse intrépide
» Dans la carrière des talens.
» Ne crains pas le destin d'Icare :
» Racine t'éclaire, et Pindare
» Soutiendra tes nobles élans.

» Rampez, envieux Bacchilides !
» Murmurez, Zoïles perfides !
» La gloire brave vos complots ;
» La gloire en vain persécutée
» Ressemble à l'écorce indomptée
» Qui surnage en dépit des flots.

» Sa splendeur long-temps méconnue
» Sort plus brillante de la nue
» Qui voila ses traits radieux.

» Nul sort n'abaisse une grande âme.
» Eole en vain courbe la flamme
» Prompte à revoler vers les cieux.

» Vois-tu l'enfant de la nature,
» Ce chêne à l'immense stature,
» Toucher l'Olympe et les enfers?
» Regarde sous un art stérile
» Ramper cet arbrisseau débile,
» Jouet du temps et des hivers.

» Franchis donc l'indigne barrière!
» Suis la nature en sa carrière :
» Prends son essor illimité.
» Je lui dois tout ; et c'est par elle
» Que ma lyre encore étincelle
» D'un rayon d'immortalité. »

Il dit : et l'autel de la gloire,
Et tout le temple de mémoire
Tressaillit à ses fiers accens;
Et toutes les fleurs du Permesse,
Aux pieds de l'auguste déesse,
Exhalèrent un pur encens.

ODE X.

Qu'il est peu de mortels dont la prudence heureuse
Des rives d'Amathonte ait su fuir le danger,
　　Et que jamais l'onde amoureuse
N'attira, sur la foi d'un calme passager!

Dans sa barque Vénus un jour me fit descendre;
Hélas! devais-je en croire un aveugle transport!
　　Mais Lycoris semblait m'attendre,
Et de Cythère au loin me découvrait le port.

Je les voyais déjà ces myrtes dont l'ombrage
Promettait à mes feux des asiles si doux;
　　Je les respirais quand l'orage
M'enveloppa soudain de mille flots jaloux.

Ce flambeau de l'Amour, qui me servait de phare,
S'éteignit, et j'errai sur des flots inconnus:
　　Qu'Amour aisément nous égare!
Malheureux! je touchais aux écueils de Vénus.

Ainsi, dans une mer orageuse et cruelle,
Héro, ton jeune amant précipita ses jours;
　　Mais du moins, amante fidèle,
Tes larmes ont payé sa vie et ses amours.

Malheur, ô Lycoris! malheur, beauté perfide!
A qui s'enivre, hélas! de ta feinte pudeur,

Et de cet air doux et timide
Qui médite un parjure en peignant la candeur.

Et toi, rival heureux, dont mes pleurs font la joie,
Ne crois pas, sans danger, recueillir mes débris.
    Orgueilleux de ta douce proie,
Ne crois pas échapper aux flots qui m'ont surpris.

Quand du berger troyen le navire adultère
Enlevait la beauté qui trahit Ménélas,
    Ivre des plaisirs de Cythère,
Il dévouait l'Asie aux fureurs de Pallas.

Ta voile s'abandonne au souffle du zéphire;
Nul aquilon jaloux n'ose troubler les airs :
    Tu vois l'Olympe te sourire;
Tu cours, en triomphant, les amoureuses mers.

Frémis, tout va changer : l'air siffle ; le flot gronde.
La plus affreuse nuit succède aux plus beaux jours;
    Et ton vaisseau, battu de l'onde,
Cherche en vain quelque port dans l'île des Amours.

Tu le verras bientôt, vain jouet de l'orage,
Couvrir de ses débris les écueils de Paphos;
    Et moi, séché de mon naufrage,
Je rirai de ta chute, et du courroux des flots.

ODE XI.

A M. DE VOLTAIRE.

EN FAVEUR DE MADEMOISELLE CORNEILLE.

Fama manet facti.

Non, ce n'est point des rois l'orgueilleux apanage,
Ni l'or, ni la victoire, amante du carnage,
Que les fils d'Apollon s'empressent d'obtenir :
L'héritage sacré des nymphes de mémoire,
   C'est un nom que la gloire,
Sur des ailes de feu, porte au sombre avenir.

Ce nom qui, s'échappant des murs de Thèbe en cendre,
A l'ombre de Pindare asservit Alexandre,
Et dompta les fureurs de ce jeune lion ;
Ce nom qui fit couler des larmes généreuses,
   Et de gloire amoureuses,
Qui n'enviaient qu'Homère au vainqueur d'Ilion.

Ah! bravant l'œil jaloux de la Parque trompée,
Si de leur sang divin quelque goutte échappée
Animait un mortel, et vivait parmi nous !
S'il rappelait encor leurs augustes images,
   Il verrait nos hommages,
Nos respects, nos trésors, nos cœurs à ses genoux.

S'il était un mortel qui du nom de VOLTAIRE
Portât chez nos neveux l'honneur héréditaire,
Ce nom serait alors son immortel appui;
Et Mérope et Brutus, Sémiramis, Alzire,
  Et la tendre Zaïre,
Élèveraient leurs voix, et parleraient pour lui.

Eh! cependant, aux yeux de sa patrie entière,
Du grand nom de Corneille une jeune héritière
Voit couler dans l'oubli ses destins et ses pleurs,
Et d'un astre jaloux l'inflexible vengeance,
  Lui versant l'indigence,
Épuise sur ses jours la coupe des malheurs.

Dans le réduit sacré du solitaire asile,
Où languit sa misère, où son destin l'exile,
La fierté d'un grand nom rend ses maux plus pressans;
Et de tristes cyprès cette rose ombragée,
  Par les vents outragée,
Implore en vain des cieux les rayons caressans.

C'est là qu'au sein des nuits, sous leurs ombres muettes,
Le silence irritant ses larmes inquiètes,
Elle exhale en sanglots ces regrets douloureux :
« Mânes d'un demi-dieu que le Parnasse adore,
  » Chère ombre que j'implore !
» Jette un œil de pitié sur ton sang malheureux.

» Hélas! si jusqu'à toi mes pleurs ont pu descendre,
» Corneille! si mes cris ont éveillé ta cendre,

    4.

» Venge l'éclat d'un nom par toi-même anobli !
» Que dis-tu quand tu vois le rejeton fidèle
          » D'une tige immortelle
» Languir dans les horreurs d'un indigent oubli ?

» Ainsi de tes lauriers les promesses sont vaines ;
» Et ton sang généreux coulera dans mes veines
» Pour se voir insulté des destins ennemis :
» Les secours dédaigneux, l'indigence tremblante,
          » Et la honte accablante,
» Voilà donc les honneurs à ta race promis ?

» Irais-je, irais-je, hélas ! promenant mes alarmes,
» Et déployant en vain un spectacle de larmes,
» Tenter des yeux ingrats et de luxe enivrés ?
» Eh ! peut-être ces murs que ma douleur embrasse,
          » Lassés de ma disgrâce,
» Me fermeront un jour leurs asiles sacrés ! »

Les pleurs coupent sa voix...... O surprise ! ô merveille !
Dans sa retraite obscure un doux éclat l'éveille ;
Son lit paraît flotter dans l'azur radieux :
Ses regards éperdus nagent dans la lumière ;
          Une ombre auguste et fière
Dévoile avec splendeur tout Corneille à ses yeux.

Quoi, ma fille ! ton cœur soupçonne ma tendresse !
Ah ! sans doute les vœux que ta plainte m'adresse
Ont traversé l'Érèbe et ses profondes nuits :
Dans les champs du bonheur, à ta voix désolée,

Mon ombre s'est troublée ;
Et mes lauriers émus ont pleuré tes ennuis.

De gloire et de misère , étrange destinée !
O mon sang ! ô ma fille ! ô chère infortunée !
Rends ton malheur auguste , et fais rougir le sort.
La sublime vertu ne peut être avilie ;
          L'âme de Cornélie
Sut braver les revers , et César et la mort.

Moi-même , combattant l'injustice et l'envie ,
Je ne dus qu'à moi seul tout l'éclat de ma vie ;
De mes nobles destins respire la grandeur :
Permets un doux espoir à ton âme alarmée ,
          Et vois ma renommée
Qui déjà sur tes pas fait briller sa splendeur.

Si le nom de Corneille est ton seul héritage ,
Cette gloire n'est point un stérile partage :
O ma fille ! ta dot est l'immortalité ;
Et je laisse à ton sort , que mon destin protége ,
          Mes lauriers pour cortége :
Leur ombre sert d'asile à ma postérité.

Comme un jeune palmier, levant sa noble tête,
Sous l'ombre paternelle affronte la tempête,
Rival du cèdre altier qui règne sur les monts ;
Si ton nom fut le mien, et si mon sang t'anime,
          Lève un front magnanime ;
Ma race peut marcher rivale des Bourbons.

Connais-tu tes aïeux? C'est cette foule illustre
De héros qui me doit et sa vie et son lustre.
Je ranimai leur cendre au feu de mes crayons.
Le Cid, Héraclius, Cinna, Pompée, Horace,
    Demi-dieux de ma race,
T'ouvrent déjà leurs bras, te prêtent leurs rayons.

Dans la France déjà, la voix de Rodogune
A conté tes malheurs, a vengé ta fortune;
Melpomène et la gloire ont combattu pour nous.
Tes yeux, tes yeux ont vu quels hommages sans nombre
    Accueillirent mon ombre
Quand elle vint jouir d'un triomphe si doux.

Un rival de mon nom, si quelqu'un le peut être,
Voilà le protecteur que tu dois reconnaître;
Tu peux, en l'implorant, l'élever jusqu'à toi:
Voltaire est ce rival, du moins si j'ose en croire
    Les récits que la gloire,
Sur la rive des morts en sema jusqu'à moi.

Racine en fut jaloux. Mes hautes destinées
A peine rassuraient mes palmes étonnées;
Le Tasse, en rougissant, applaudit son vainqueur:
J'entendis les soupirs de Sophocle et d'Eschyle,
    Et même, aux yeux d'Achille,
Henri d'un autre Homère a flatté son grand cœur.

C'est peu qu'en ses écrits l'humanité l'inspire,
La tendre humanité dans son âme respire;

Elle ouvre aux malheureux et son cœur et sa main.
Sans doute il n'eut jamais cette perfide adresse
        Qui, feignant la tendresse,
D'un faste bienfaisant voile un cœur inhumain.

Que de mortels pareils à ces riches fontaines
Qu'implore un voyageur en ses courses lointaines !
Leur bronze avec orgueil verse un flot indigent :
Plus heureux s'il rencontre une rustique source
        Qui, libre dans sa course,
Aime à lui prodiguer tout son liquide argent.

Périssent les trésors ! périsse le barbare
Qui de son or jaloux ferme la source avare,
Pour y désaltérer ses regards clandestins !
Des trésors si vantés l'usage salutaire,
        C'est d'être tributaire
Du mérite indigent qu'ont trahi les destins.

Bienfaisance sublime ! ô déesse adorée !
Toujours à tes regards l'infortune est sacrée !
Un grand cœur s'enrichit des présens qu'il a faits.
Qu'il est beau d'accueillir la vertu malheureuse !
        Une âme généreuse
Enchaîne tous les cœurs par le nœud des bienfaits.

Ma fille ! si mon ombre au sein de l'Élysée,
Par ces récits heureux, ne fut point abusée,
Il est digne en effet de venger tes malheurs :
Tes malheurs et ton nom, quels titres plus augustes ?

Quels arbitres plus justes,
Entre le sort et toi, que sa gloire et tes pleurs?

Dis-lui que, si Mérope eût devancé Chimène,
De son chaos obscur dégageant Melpomène,
Sans doute il eût brillé de l'éclat dont j'ai lui.
S'il eût été Corneille, et si j'étais Voltaire,
Généreux adversaire,
Ce qu'il fera pour toi, je l'eusse fait pour lui.

ODES.

LIVRE SECOND

ODE I.

SUR LES DANGERS DE LA PATRIE,

A L'OCCASION DE L'EXPÉDITION D'ÉGYPTE,

QUEL est ce vaisseau dont les voiles
Affrontent les vents ennemis?
Sur la foi des mers, des étoiles,
Ses nochers sont-ils endormis?
La fortune enfle son courage;
Il ne soupçonne point l'orage
Qui veille dans les flancs du Nord;
Un zéphir trompeur le rassure,
Et son insensé Palinure
Rêve les délices du port.

Sécurité faible et coupable,
C'est trop suspendre ton réveil!
Les maux d'une guerre implacable
Sont les crimes de ton sommeil.

France! qu'as-tu fait de ta gloire?
Toi-même as trahi la victoire,
Fidèle à tes nobles drapeaux.....
Quand le Nord vomit ses esclaves,
En vain elle cherche tes braves;
Es-tu veuve de tes héros?

De la Seine aux rives du Tibre,
Des Alpes au double Apennin,
Ton peuple belliqueux et libre
Partout enchaînait le destin.
Mars précipitait nos armées,
Comme les laves enflammées
Qu'Etna lance dans sa fureur;
Partout sur tes vastes frontières,
Devant nos légions altières,
Veillaient la foudre et la terreur.

Et les enfans glacés du pôle
Osent menacer tes remparts!
Et leur féroce espoir t'immole
Loin de tes défenseurs épars!
Et cette paix, vierge céleste,
Que l'infâme Albion déteste,
Qu'égorge son or assassin,
Cette douce paix qu'avec gloire
Nous avait conquis la victoire,
Aurait fui pour jamais ton sein!

Pourquoi sur des rives lointaines
Avoir exilé tes guerriers?

Et pour des palmes incertaines
Laissé d'infaillibles lauriers?
Pourquoi fendre ces champs humides?
Que t'importent les Pyramides
Et des arts le berceau vanté?
Repousse ces hordes sauvages;
Défends sur tes propres rivages
Le berceau de ta liberté.

Tandis, hélas! que, trop loin d'elle,
Bonaparte, guidant tes fils,
Dispute au croissant infidèle
La poussière qui fut Memphis;
Tandis que sa course égarée
Jusqu'aux bords de l'onde Érithrée
Fatigue la nymphe aux cent voix,
Et que le vainqueur Italique
Plonge dans les sables d'Afrique
Tes bataillons et nos exploits;

Vois-tu de l'Autriche insolente
Croître les nombreux attentats?
Quelle décision sanglante
Suite de fallacieux débats!
La faiblesse invite l'outrage;
La prévoyance et le courage
Eussent maîtrisé les hasards:
Mais Scherer devient ton Alcide;
Et ta Minerve, sans égide,
Tombe sous de lâches poignards.

Jouets du crime et loin des armes,
Nous dormions, vainqueurs dédaignés.....
Vienne ! tes fils pairont nos larmes
Dans tes murs, de leur sang baignés.
Némésis trop long-temps sommeille.
France ! que ton lion s'éveille !
Que l'Aigle altier soit abattu !....
Triomphe, ô ma chère patrie !
Répare ta gloire flétrie,
Et règne encor par la vertu.

Laisse au temps briser les couronnes
Sur la tête des potentats :
C'est peu d'ébranler tous les trônes
Si tu n'affermis tes états.....
Sage dans ses courses fécondes,
La Seine, rassemblant ses ondes,
Porte sa gloire aux flots amers ;
Et le Rhin, si fier de sa source,
Divisant ses eaux et sa course,
Se perd inconnu dans les mers.

ODE II.

SUR LE PASSAGE DES ALPES

PAR FEU M. LE PRINCE DE CONTI.

Est-ce un vain songe qui m'abuse ?
Non, Permesse, voilà tes bords !
Fils ailé du sang de Méduse,
Coursier divin, sers mes transports !
Mais, par quelle route inconnue,
Déjà ton vol, fendant la nue,
M'entraîne-t-il au sein des airs ?
Quel spectacle immense et rapide
Développe à mon œil avide
L'Olympe, la terre et les mers ?

Ces monts, fiers voisins d'Amphitrite,
Qu'ils pressent de leurs vastes pieds,
Portent jusqu'au ciel, qui s'irrite,
Leurs fronts sans cesse foudroyés.
Tes forêts, antique Dodone !
Leur font une horrible couronne
De sapins noirs et chevelus.
Rocs entassés ! débris funeste !
Seriez-vous l'effroyable reste
Du combat des fils de Tellus ?

Mais quel bruit frappe mon oreille?
Quels Titans menacent les dieux?
Je vois la foudre qui s'éveille
Au cri du monarque des cieux.
A ce cri les mortels frémissent;
Le ciel tremble, les mers mugissent,
Neptune en pâlit sous les flots;
Pluton s'élance de son trône;
Tout s'épouvante : Tisiphone
Applaudit seule à ces complots.

Tremblez, fiers rivaux du tonnerre!
L'air brille du fatal éclair;
Ses feux annoncent à la terre
Les vengeances de Jupiter.
Louis parle; Conti s'élance;
La terre s'arrête en silence;
Il tient les foudres de son roi :
Pallas lui prête son égide,
Et Mars, devant son char rapide,
Vole avec la mort et l'effroi.

L'eussiez-vous cru né pour la gloire,
Ce prince formé par l'amour?
Eussiez-vous cru que la victoire
Le verrait briller à sa cour;
Et que les Grâces éplorées,
Pour lui seul de myrtes parées,
Verraient sitôt leur jeune amant
Ombrager d'un panache horrible

Ce front désormais si terrible,
Dont la rose était l'ornement ?

Ah ! s'il fuit ces molles délices
Pour les jeux sanglans des héros,
Il n'attend pas que nos Ulysses
L'enlèvent aux jeux de Scyros;
Il sait que l'auguste naissance
Peut voir par l'infâme licence
Sa splendeur, ses droits avilis;
Il sait que l'amour et l'ivresse,
Vainqueurs du héros de la Grèce,
Ont embrasé Persépolis.

Fuis donc, ô volupté fatale!
Fuis ! que ses destins glorieux,
Loin de Cléopâtre et d'Omphale,
Suivent leurs cours victorieux :
Échappé des myrtes de Gnide,
N'en doutons point, ce jeune Alcide
Va, digne sang des immortels,
Faire avouer même à l'envie,
Qu'il sait, en prodiguant sa vie,
Mériter l'honneur des autels.

Déjà le Var, aux mers profondes
Roulant sa fuite et sa terreur,
Redit, en pleurant sous ses ondes,
Quel bras a dompté sa fureur.
Dieu des mers ! ta fatale épouse
L'apprend à la flotte jalouse

5.

D'Albion errant sur ses flots ;
D'Albion qui, pour son supplice,
Semble être témoin et complice
Des victoires de mon héros.

En vain les bouches menaçantes
De ses navires conjurés,
De mille flammes rugissantes
Vomissent les traits égarés :
Conti vole, les remparts tombent ;
Nice, tes défenseurs succombent ;
Tout cède aux flots de ce torrent :
L'aigle des cieux est moins rapide,
Le fier lion moins intrépide,
Et le foudre moins dévorant.

Renommée, amante du pinde,
A ma lyre unis tes cent voix ;
Cours, vole au héros de Nervinde,
Chez les morts, conter ces exploits.
Va, par un récit qui le flatte,
De ce roi promis au Sarmate,
Consoler le noble courroux ;
Présente à ses yeux magnanimes
Les mânes de tant de victimes :
Qu'il se reconnaisse à ces coups !

Dis-lui que du fils de Pélée,
Si, par ces essais généreux,
Déjà la gloire est égalée,
Conti forme encor d'autres vœux :

Dis-lui qu'à sa jeunesse ardente
Mêlant cette valeur prudente
Des fronts sous le casque blanchis,
Il va, héros brillant et sage,
Tenter l'effroyable passage
Des monts qu'Annibal a franchis.

Mais l'infernale jalousie
Qu'irrite un si noble dessein,
Va de sa noire frénésie
D'Annibal infecter le sein.
L'âme, de dépit embrasée,
Soudain du riant Élysée
Il fuit les bosquets enchantés;
Et du vainqueur de Trasymène
Je vois errer l'ombre inhumaine
Sur les sommets qu'il a domptés.

Oh! qu'avec un affreux sourire
Il revoit Canne, et s'applaudit;
Il contemple Rome, il soupire;
Mais il voit Capone et rougit.
Il veut qu'au moins, vengeant sa gloire,
Ces monts défendent sa mémoire
Et se ferment à son rival.
Viens, Conti! de ces monts sublimes
S'il est beau de franchir les cimes,
C'est aux yeux jaloux d'Annibal!

Les Alpes, défiant la guerre,
Arment leurs titans furieux:

La foudre des fils de la terre,
Y choque la foudre des cieux.
Eh quoi! dit leur troupe hautaine,
Est-ce encore le fils d'Alcmène
Qui vient s'y frayer un accès ?
Quel est donc ce nouvel Hercule,
Ivre de l'espoir ridicule
De cet incroyable succès ?

Parmi nos glaces éternelles
Si tu veux cueillir des lauriers,
Conti, prête du moins des ailes
A tes redoutables guerriers :
Vois ces rocs entourés d'abîmes ;
Vois ces feux grondant sur leurs cimes ;
Vois ces flots t'ouvrant les enfers ;
Et sur ces ponts inaccessibles
Apprends que nos mains invincibles
Donnent le trépas ou des fers.

Ils le disaient ! et leur audace
Crut dicter les arrêts du sort ;
Ils le disaient ! et leur menace
N'eut de réponse que la mort :
Ils chancellent ; et dans la poudre
Conti, Jupiter et la foudre
Brisent leurs fronts ensevelis ;
Et, sur leur audace étouffée,
La victoire dresse un trophée
A l'immortelle fleur de lis.

ODE III.

SUR LA MORT DE LYCORIS.

Elle n'est plus !.... l'Érèbe a dévoré ses charmes ;
O tombe d'une amante ! et vous, pâles cyprès !
Dieux ! ô dieux ! accordez Lycoris à mes larmes,
    Ou le trépas à mes regrets.

Quoi ! j'ai vu dans mes bras Lycoris expirante !
J'ai vu ses yeux mourans sur mes yeux s'attendrir !
J'ai respiré son âme en ses baisers errante !
    Mon nom fut son dernier soupir !

Dans l'ombre de la mort Lycoris s'est éteinte
Comme un astre éclipsé par de noirs tourbillons ;
Sa beauté disparaît comme une fleur atteinte
    Par le souffle des aquilons.

Lycoris ! tu n'es plus ! ô mortelles disgrâces !
Tout le Pinde en gémit ; tout Cythère est en deuil :
Et Minerve et l'Amour, et Vénus et les Grâces,
    Suivent mon amante au cercueil.

L'amour brise ses traits ; si ce bandeau lui reste,
Lycoris ! ce n'est point offenser tes appas :
Ses yeux ne veulent plus, dans un jour si funeste,
    Revoir des lieux où tu n'es pas.

Il n'a pu te ravir à la Parque inhumaine ;
Lycoris ! Lycoris ! ô regrets ! ô douleurs !
Tu n'es plus qu'un vain nom ; tu n'es qu'une ombre vaine,
    Éternel objet de mes pleurs.

Je redemande aux cieux ta présence adorée ;
Cette âme, ces attraits dont ils furent jaloux,
Quand, par tes yeux divins ma tendresse épurée,
    Trouvait l'Olympe à tes genoux.

Les arts, les tendres vers, les chants de Polymnie,
Occupaient de nos feux la douce oisiveté ;
Et l'on eût dit qu'en toi le flambeau du génie
    Était l'âme de la beauté.

Quand mon luth amoureux faisait parler ma flamme,
Que de fois tes baisers suspendirent mes chants !
Que de fois un soupir échappé de ton âme
    Les rendit encor plus touchans !

Aux portes du matin l'aurore est moins riante
Que tes yeux où luttaient l'amour et le sommeil,
Quand par un doux baiser ma bouche impatiente
    Ouvrait ta paupière au réveil.

Ta bouche quelquefois m'éveillait la première ;
Tes lèvres sur mon sein venaient se reposer,
Et de tes yeux brillans l'amoureuse lumière
    Enflammait ce tendre baiser.

O bonheur ! ô plaisir enviés des dieux même !
De tant de voluptés souvenir douloureux !

Tu meurs, ô Lycoris ! Survivre à ce qu'on aime,
  Est-il un sort plus rigoureux ?

Tu laissas ton amant dans une nuit profonde;
Ainsi l'astre du jour se plonge au sein des mers,
Et semble avec ses feux ensevelir sous l'onde
  Et les mortels et l'univers.

Des bois les plus déserts, des grottes les plus sombres
J'aime la vaste horreur et les profondes nuits :
Seul et ma lyre en main, je confie à leurs ombres
  Ton souvenir et mes ennuis.

Là, soit que le jour naisse, ou que le jour expire,
Il ne voit que mes pleurs, il n'entend que mes cris :
Lycoris est le nom, le seul nom que ma lyre
  Apprenne aux échos attendris.

Là, je conte aux forêts ta sinistre aventure;
Les Dryades en pleurs font gémir leurs rameaux :
Lycoris! c'est ton nom que cette onde murmure,
  Et que soupirent ces roseaux.

Telle, sur un cyprès, dans l'ombre solitaire,
Pleurant ses fils, hélas! déchirés d'un vautour,
La tendre Philomèle, inconsolable mère,
  Remplit l'air de plainte et d'amour.

Tout mortel, en naissant, est promis au Cocyte;
Nos cris ne changent point les arrêts de Minos :
Diane n'a pu même enlever Hippolyte
  Aux mains sanglantes d'Atropos.

Jadis Orphée en pleurs, sur la foi de sa lyre,
Osa tenter, vivant, la retraite des morts ;
Et cherchant Eurydice au ténébreux empire,
    Soumit l'Érèbe à ses accords.

Soudain vous eussiez vu le Styx, sur ses rivages,
En silence courber ses lugubres roseaux ;
Tels qu'au chant d'Alcyone on voit les noirs orages
    Respecter l'empire des eaux.

L'onde cesse de fuir l'urne des Danaïdes ;
L'Érèbe est sans tourmens ; Cerbère est sans fureurs ;
La couleuvre se tait au front des Euménides ;
    Leurs yeux sanglans jettent des pleurs.

Sur sa roue étonnée, Ixion, ô merveilles !
Respire, et voit Sisyphe assis sur son rocher :
La mort, l'affreuse mort, ce monstre sans oreilles
    L'entend, et se laisse toucher.

Aux accens d'une voix si flatteuse et si tendre
L'Amour suivait Orphée aux bords du Phlégéton,
La voûte des enfers s'inclina pour l'entendre ;
    Tout gémit, jusqu'au noir Pluton.

Sur son trône de fer il se trouble, il soupire ;
Le refus menaçant fuit de son cœur d'airain ;
Et sa faveur, qu'annonce un farouche sourire,
    Brise les chaînes du destin.

« Soyez libre, Eurydice! et soyez la première
» Qu'un époux ait ravie aux liens du trépas ;
» Quittez le noir séjour ; la céleste lumière
    » Doit seule éclairer vos appas. »

Tes chants, heureux Orphée, ont vaincu le Ténare ;
Souviens-toi que Pluton défend à ton amour
De revoir Eurydice avant que le Tartare
    L'ait rendue à l'éclat du jour.

Sur les traces d'Orphée Eurydice s'avance;
Le myrte les attend prêt à les couronner;
Mais un regard (hélas! pardonnable imprudence,
    Si l'enfer savait pardonner!)

Un regard les trahit ; le Styx gronde de joie ;
Plus d'amante, Eurydice est plongée aux enfers ;
Et l'Averne, à grands cris redemandant sa proie,
    Rompt pour jamais des nœuds si chers.

Orphée, Orphée en vain rappelle son épouse ;
L'Érèbe qui se ferme insulte à ses douleurs :
Et toujours de ses droits Proserpine jalouse
    Est trompeuse dans ses faveurs.

Hélas! si rien n'échappe à l'Achéron avare
Quand la mort a sur nous fermé les noirs tombeaux ;
Si rien ne peut fléchir de la Parque barbare
    Les inexorables ciseaux,

1.   6

Lycoris ! ah ! du moins qu'un tombeau nous rassemble,
Et que le marbre encore y soupire ces vers :
« Pour deux amans , heureux de reposer ensemble ,
   » Il n'est plus ici de revers. »

ODE IV.

ALLÉGORIE.

Un jeune rossignol, honneur de son bocage,
De la seule nature élève ingénieux,
Sur le bord de son nid caché dans le feuillage,
Cadençait mollement des sons harmonieux.

    Surpris d'un ramage si tendre,
    Les zéphirs n'osaient s'agiter :
    Flore se plaisait à l'entendre,
    Les échos à le répéter.

Vénus, les Ris badins, les Grâces enjouées,
Et les Amours unis aux nymphes de ces bords,
En parure légère, en tresses dénouées,
Dansaient dans le bocage au bruit de ses accords.

    L'Aurore, à ces douces veillées,
    Accourait d'un pas diligent,
    Et Diane sous les feuillées
    Abaissait son trône d'argent.

Souvent une cruelle, à cette voix flatteuse,
Sentit, au fond des bois, expirer ses rigueurs;
Souvent une insensible, inquiète et rêveuse,
Éprouva de l'amour les premières langueurs.

Le dieu de la double colline
Applaudit à ces tendres sons,
Et vint de sa lyre divine
Leur prêter les doctes leçons.

Midas, le seul Midas aux stupides oreilles,
Méconnut des forêts le poète naissant,
Et préféra, sans honte, à ces douces merveilles,
Les cris aigres et durs d'un chantre croassant.

Doux rossignol! par ton silence
Les ingrats furent bien punis.
Grandeur, fol orgueil, ignorance,
Serez-vous donc toujours unis?

ODE V.

A MONSIEUR DE BUFFON,

*Sur une maladie violente qui fit craindre pour ses jours,
lorsqu'il avait déjà perdu Madame de Buffon à la
fleur de l'âge et de la beauté.*

Cet astre, roi du jour au brûlant diadème,
Lance d'aveugles feux et s'ignore lui-même,
Esclave étincelant sur le trône des airs ;
Mais l'astre du génie, intelligente flamme,
  Rayon sacré de l'âme,
A sa libre pensée asservit l'univers.

O génie ! à ta voix l'univers semble éclore !
Ce qu'il est, ce qu'il fut, ce qu'il doit être encore,
Malgré les temps jaloux se révèle à tes yeux :
Ton œil vit s'élancer la comète brûlante
  Qui de la sphère ardente
A détaché ce globe, autrefois radieux.

Tel qu'on nous peint Délos au sein des eaux flottante
Tu le vois dans sa course invisible et constante,
Sur son axe rouler dans l'océan des airs.
Aux angles des vallons tu vois encore écrite
  La trace d'Amphitrite ;
Et les monts attester qu'ils sont enfans des mers.

6.

Sans aller désormais, par un larcin funeste,
Dans l'Olympe jaloux ravir le feu céleste,
Et, nouveau Prométhée, irriter un vautour,
Tu sais lancer au loin, du sein brûlant d'un verre,
　　　Ces flèches de lumière
Que de son carquois d'or verse le dieu du jour.

Tu fais plus : Jupiter, assemblant les nuages,
Devant son char tonnant roule en vain les orages;
A d'impuissans éclats tu réduis son courroux :
Ce dieu, jusqu'en ses mains, voit sa foudre égarée,
　　　Par un fer attirée,
N'obéir qu'au mortel qui dirige ses coups.

La nuit dérobe en vain l'Olympe dans ses voiles,
Ton sublime regard y poursuit les étoiles;
Tu vois dans l'avenir s'éclipser leurs flambeaux :
Et, d'un œil de cristal armant la faible vue,
　　　Ton audace imprévue
Dans les cieux étonnés surprend des cieux nouveaux.

Là, dans l'immensité l'éther roule ses ondes;
Des milliers de soleils, des millions de mondes.
Deux forces balançant tous ces globes divers,
Les élémens rivaux, l'équilibre et la vie,
　　　Composent l'harmonie,
L'édifice mouvant de ce vaste univers.

Eh ! quel autre eût tracé de ces orbes immenses
La figure, le cours, les erreurs, les distances ?
Quel autre osa peser ces corps impérieux?

Ce n'est plus Jupiter ; c'est toi, divin génie,
    Qui, sous l'œil d'Uranie,
Tiens d'un bras immortel la balance des cieux.

Au sein de l'infini ton âme s'est lancée ;
Tu peuplas ses déserts de ta vaste pensée.
La nature avec toi fit sept pas éclatans ;
Et, de son règne immense embrassant tout l'espace,
    Ton immortelle audace
A posé sept flambeaux sur la route des temps.

Tel éclatait Buffon ! son âme ardente et pure
Dans ses brillans essors planait sur la nature ;
Il franchit l'univers à ses yeux dévoilé.
Aigle, qui t'élançais aux voûtes éternelles,
    Tu sens languir tes ailes !
Et l'Érèbe t'envie à l'empire étoilé.

Jaloux de tant de gloire, un monstre au front livide,
De serpens dévoré, de vengeances avide,
L'Envie avec horreur en contemplait le cours :
Elle fuit, en grondant, sa lugubre caverne,
    Et vole, au sombre Averne,
De deux filles du Styx implorer le secours.

« Noires divinités, un demi-dieu nous brave ;
« Il a conquis l'Olympe, et me croit son esclave ;
« Son titre d'immortel partout choque mes yeux :
« Sa vue est mon supplice ! et pour l'accroître encore,
    » Un marbre que j'abhorre
« Consacre mes affronts et ses traits odieux.

» Quoi! je serais l'Envie! eh! qui pourrait le croire,
» S'il jouissait, vivant, de ce tribut de gloire?
» Si mes serpens vaincus y rampaient sous ses pas!
» Allez, courez, volez; de ce marbre infidèle
  » Détruisez le modèle;
» Précipitez Buffon dans la nuit du trépas. »

Elle dit, et courant le long des rives sombres,
Ces monstres font frémir jusqu'au tyran des ombres;
L'Érèbe est effrayé de les avoir produits;
Et le fatal instant où leur essaim barbare
  S'envole du Tartare,
Semble adoucir l'horreur des éternelles nuits.

L'une au souffle brûlant, à la marche inégale;
L'autre, du doux sommeil implacable rivale,
Fendent l'air embrasé de leurs triples flambeaux.
La Nuit, avec horreur, roule son char d'ébène;
  Et les nymphes de Seine
Cherchent en frémissant l'abri de leurs roseaux.

Non loin de ce rivage est un séjour illustre
Qui du Pline français emprunte un nouveau lustre;
La nature en ses mains y remet ses trésors.
Là, ces filles du Styx, aux ailes enflammées,
  Par l'Envie animées,
Dirigent vers Buffon leurs sinistres essors.

A peine elles touchaient au seuil du noble asile,
Que la fille d'Hébé l'abandonne et s'exile;
Morphée, en gémissant, voit flétrir ses pavots;

ur vol a renversé ces tubes et ces sphères
  Qui, loin des yeux vulgaires,
rvaient du demi-dieu les sublimes travaux.

divine Uranie! en ces momens funestes,
uel soin t'arrête encor sur les voûtes célestes?
on fils succombe.... hélas! que t'importent les cieux?
iens de tes purs rayons consoler sa paupière;
  Viens rendre à la lumière
ami, le confident, l'interprète des dieux.

est donc peu que le ciel de talens soit avare!
i terre en est jalouse! et le sombre Ténare
oursuit nos demi-dieux jusque sur leurs autels!
h! si la mort détruit votre plus digne ouvrage,
  Dieux! témoins de l'outrage,
est-ce pas une erreur de vous croire immortels?

ue vois-je?... ah! cette main si rapide et si sûre,
ui d'un trait enflammé sut peindre la nature,
se glace, et sent tomber son immortel pinceau!
t déjà, sur ces yeux qu'allumait le génie,
  La fièvre et l'insomnie
Ont des pâles douleurs étendu le bandeau.

a nature en gémit : sa voix, sa voix puissante
Dans les airs jette un cri d'amour et d'épouvante,
Ce cri vole au Cocyte et fait frémir ses eaux :
achésis s'en émeut : Clotho devient sensible;
  Mais sa sœur inflexible
Déjà presse le fil entre ses noirs ciseaux.

C'en était fait ! soudain, par l'amour embrasée,
Une ombre tout en pleurs du fond de l'Élysée
S'élance, et d'Atropos embrasse les genoux.
« Oui, tu vois son épouse, ô fatale déesse !
   » Pardonne à ma tendresse,
» Pardonne à ma douleur de suspendre tes coups.

» Ah ! garde-toi de rompre une trame si belle;
» Par le nom d'un époux ma gloire est immortelle :
» Je lui dois mon bonheur, qu'il me doive le jour.
  Orphée en t'implorant obtint son Eurydice;
   » Que ma voix t'attendrisse !
» Sois sensible deux fois aux larmes de l'amour !

» Dès mon aurore, hélas ! plongée aux sombres rives,
» Je ne regrette point ces roses fugitives
» Dont l'amour couronna mes fragiles attraits;
» O mort ! combien pour moi ta coupe fut amère !
   » J'étais épouse et mère,
» Un fils et mon époux font seuls tous mes regrets.

» Ah ! prends pitié d'un cœur qui s'immole soi-même!
» Qui, par excès d'amour, craint de voir ce qu'il aime.
» Qu'il vive pour mon fils, c'est vivre encor pour moi.
» O Parque ! ma douleur te demande une vie
   » Déjà presque ravie :
» La moitié de lui-même est déjà sous ta loi. »

A peine elle achevait, le demi-dieu respire;
La Parque, en frémissant, la regarde et soupire.
Tes pleurs, nouvelle Alceste, ont sauvé ton époux !

ɪ vois le noir ciseau pardonner à sa proie ;
    Un cri marque ta joie,
ɛidu triste Léthé les bords te sont plus doux.

ɛs, noir essaim des maux que déchaîna Pandore.
ɪʏmpe ! fais briller ta plus riante aurore.
ɪnature ! le ciel t'a rendu ton amant.
ɪt toi, dont l'amitié souvent daigna sourire
    Aux accens de ma lyre,
ɔʏois ces vers, baignés des pleurs du sentiment.

ɪessé-je d'un rayon embellir ta couronne !
ɪ lauriers sont plus chers quand l'amitié les donne.
ɪs cœurs et nos penchans suivaient un même cours :
ɪ lyre osa chanter ton amante immortelle ;
    Mais tu la rends si belle,
ɔɪe toi seul as fixé ses augustes amours.

ɪ antels sont les tiens ; et sa gloire..... Qu'entends-je ?
ɔɪel reptile insolent croasse dans la fange ?
ɛs chants en sont plus doux, ses cris plus odieux :
ɪndis qu'un noir pithon siffle au bas du Parnasse,
    Pindare avec audace
ɪle au sommet du Pinde, et chante pour les dieux.

ODE VI.

A UN JEUNE AMI.

A ta volage Cythéride,
Ami, c'est trop donner de regrets et de pleurs :
Abjure une plainte timide,
Dédaigne une amante perfide
Dont la pitié superbe insulte à tes douleurs.

Souviens-toi des mœurs de Byzance !
Digne de ton berceau, maîtrise la beauté ;
Ou du moins implorant l'absence,
Arme-toi contre la puissance
De ces yeux où périt ta douce liberté.

En vain l'élégie éplorée
Te peindrait exhalant ta douleur et tes jours :
Serais-tu beau comme Nirée,
Une douleur désespérée
Jamais ne ralluma le flambeau des amours.

Je sais bien qu'Achille, à ton âge,
Pleura pour Briséis au fond de ses vaisseaux ;
Et ses cris frappaient le rivage
Où Thétis, comme un doux nuage,
A ses yeux désolés s'éleva sur les eaux.

Mais tu sais qu'une docte lyre
Charma le désespoir de ce jeune lion ;
   La gloire, prompte à lui sourire,
   Triompha de ce vain délire ;
Et ses pleurs essuyés menaçaient Ilion.

   Entends-tu le cri de la gloire ?
Cours défendre ces bords où pâlit le croissant.
   De Vénus éteins la mémoire ;
   Ceins le glaive de la victoire,
Et fais payer tes pleurs au Scythe frémissant.

ODE VII.

QUE L'AMOUR EST LE PLUS PUISSANT MOBILE DE LA VALEUR ET DU GÉNIE.

Oui, chastes nymphes de mémoire !
Le tendre amour donne à la gloire
Un vol encor plus généreux :
L'amour seul, inspirant Orphée,
Sut vous élever un trophée
Jusqu'aux rivages ténébreux.

Lui seul, d'une main triomphante,
Tient de Mars la palme sanglante,
Et le doux laurier de Claros :
Muses ! pourriez-vous méconnaître
Le dieu sublime qui fait naître
Les poètes et les héros ?

Jamais ton fils, ô Calliope !
Aurait-il franchi du Rhodope
Les inaccessibles sommets,
Si l'amour, lui frayant sa route,
N'eût éclairé la sombre voûte
Des impénétrables forêts ?

Corneille, dont la voix féconde
Ranima les maîtres du monde,
Dut à l'amour ses premiers chants ;
Le doux Racine, qu'il inspire,
De son harmonieuse lyre
Lui doit les sons les plus touchans.

La France a vu, dans ses disgrâces,
La main généreuse des Grâces
Soutenir ses derniers remparts.
Quand son prince * effrayé succombe,
De Vénus la tendre Colombe **
Met en fuite les léopards.

Sorel ! ton heureuse menace
Ralluma sa guerrière audace,
En excitant ses feux jaloux :
« Un oracle, ami de la gloire,
» Me donne au fils de la victoire :
» Votre amante n'est plus à vous. »

Fuyez, dangereuses Armides !
Vous, dont les caresses timides
Énervent des cœurs abattus !
La volupté mène à la honte ;
Mais le noble amour qui la dompte
S'élève au sommet des vertus.

* Charles vii. — ** Agnès Sorel.

Que j'aime, en des fêtes galantes,
Ces armures étincelantes,
Ce fer, ces panaches flottans,
Et ces couleurs d'une maîtresse
Que, dans leur belliqueuse ivresse;
Portaient nos jeunes combattans !

A peine s'ouvrait la barrière,
Déjà volent dans la carrière
L'amour et l'intrépidité.
Oh ! quels sont les coups d'une lance
Que fait combattre la vaillance
Sous les regards de la beauté !

Oh ! combien sera glorieuse
Cette tête victorieuse
Qui, seule, aux yeux de ses rivaux,
Noire d'une illustre poussière,
Reçoit d'une amante plus fière
La palme due à ses travaux !

D'un assaut bravant la furie,
J'entends Fleuranges qui s'écrie :
« Ah ! si ma dame me voyait ! »
Il vole ; il frappe ; tout succombe.
De toutes parts l'ennemi tombe :
Un jeune amant le foudroyait.

Des grands cœurs mobile suprême,
Amour ! tu deviens Mars lui-même,

Quand Vénus te guide aux combats.
Là beauté, qu'un Pâris outrage,
Pour être le prix du courage,
Naissait aux bords de l'Eurotas.

Oui, Sparte, à Lycurgue fidèle,
Voulut toujours que la plus belle
S'unît au plus audacieux;
Et Jupiter même décide
Qu'il n'est permis qu'au fier Alcide
D'épouser Hébé dans les cieux.

ODE VIII.

SUR LES CAUSES PHYSIQUES DES TREMBLEMENS DE TERRE, ET SUR LA MORT DU JEUNE RACINE.

Quels fléaux, malheureuse terre,
Rassemblent tes antres profonds !
Le soufre, aliment du tonnerre,
Y roule ses noirs tourbillons ;
Des sels, des nitres, du bitume,
Le mélange en grondant s'allume ;
Les vents irritent leurs combats ;
Et leur choc, signal des tempêtes,
Fait tonner les cieux sur nos têtes,
Et mugir l'enfer sous nos pas.

Ces feux, âme de l'harmonie,
Semés, errans dans tous les corps,
Quand leur puissance est réunie,
En troublent souvent les accords.
Des mers excitant les ravages,
On les a vus, loin des rivages,
Dans les airs lancer des vaisseaux ;
Et plus d'une île épouvantée,
Roulant sur sa base agitée,
Se perdre en flamme sous les eaux.

Voyez ces monts, race effrayante,
Peuple de géans en fureur,
Qui de leur bouche foudroyante
Jettent la flamme et la terreur :
De feux leurs têtes étincellent,
A leur pied les villes chancellent ;
Ils versent des fleuves brûlans :
L'Hécla, le Vésuve s'entr'ouvre,
Et l'enfer, que l'œil y découvre,
Bouillonne dans leurs vastes flancs.

Sans détruire l'antique masse
Que presse l'océan des airs,
L'Éternel en change la face,
Mobile empire des revers.
Tout naît ; tout meurt ; tout doit renaître :
Tout perd la forme de son être,
Frêle ouvrage des élémens :
La nature, active et féconde,
Sans cesse reproduit le monde,
Éternel dans ses changemens.

Un destin jaloux et suprême
Circule dans tous les climats ;
Sur le chaume et le diadême
Il imprime, en courant, ses pas.
Tout cède, mer, peuple, rivage,
Jouet constant d'un sort volage ;
Nul roi ne l'enchaîne à sa cour :
Il trompe une crédule joie ;

S'il passe sans toucher sa proie,
Il la dévore à son retour.

Smyrne, Pompéiane, Héraclée,
Et toi, Lima, ville des rois,
Du sein de la terre ébranlée
Vous disparûtes à sa voix!
Triste objet de son inconstance,
Ta cendre atteste la puissance
Du sort qui dompte l'univers;
Lisbonne! tu sens les atteintes
Des foudres que n'ont pas éteintes
Cinq lustres et deux cents hivers.

France! Albion! vous que la guerre
Sépare encor plus que les flots,
Autrefois une même terre
Unissait vos peuples rivaux.
L'onde enleva dans sa furie
Aux bords féconds de l'Hespérie,
Les champs par l'Etna désolés.
Un orage est l'Hercule antique
Qui des rives de la Bœtique
Détacha les climats brûlés.

Mais l'effroi dont frémit le Tage
Passe aux îles de Gérion,
De l'Èbre aux sables de Carthage,
De l'Afrique aux champs d'Albion.
Les deux mers s'appellent, s'unissent;
Leurs flots se heurtent et mugissent

Couverts de monstres bondissans ;
Et, du sein des ondes fumantes,
Le gouffre des mers écumantes
Vomit la flamme des volcans.

Quoi ! le vaste amas de tes ondes
Presse ces volcans allumés !
Océan ! tes voûtes profondes
Les tenaient en vain renfermés !
Quoi ! le ciel, pur et sans orage,
A vu les horreurs du naufrage
Errer sur les flots entr'ouverts ;
Et d'une rive désolée
L'Amérique en vain reculée
S'épouvante au-delà des mers !

Quel bruit ! quel horrible murmure !
Qu'annonce ce tumulte affreux ?
Purge le sein de la nature,
Ouvre tes foyers orageux ;
Feu vengeur ! sors de tes abimes ;
Épargne ou frappe tes victimes :
C'est trop effrayer les humains ;
Quels forfaits poursuit ta colère ?
Quels rivages, quel hémisphère
Menacent tes coups incertains ?

Dieux ! à la foudre étincelante
La guerre allume ses flambeaux !
L'Europe, encor pâle et tremblante,
De ses fils creuse les tombeaux.

Triste amante des funérailles,
Pourquoi, déchirant tes entrailles,
Chercher de nouvelles horreurs?
Prends-tu cette onde mugissante,
Ou la terre encor frémissante,
Pour théâtre de tes fureurs ?

La tempête, agitant ses ailes,
Comme un effroyable vautour,
Couvre les yeux d'ombres mortelles,
Et des mers fait l'immense tour :
Des reflux troublant l'harmonie,
Autour de la froide Hibernie
L'onde bondit de toutes parts ;
Tandis que sa vague rapide
Va, sous les colonnes d'Alcide,
De Cadix noyer les remparts.

Toi, qui grondes sur ces rivages,
Mer, si tu connais la pitié,
Épargne au moins dans tes ravages
L'objet de ma tendre amitié.
Hélas! aux rives du Permesse
Le même âge, la même ivresse
Autrefois emporta nos pas.
Les muses!.... Quel destin bizarre,
Quelle divinité barbare
T'enlève à jamais de leurs bras?

Reviens.... la mer s'élance.... Arrête!
Vois, crains, fuis ces flots suspendus !

Ils retombent!.... Dieux! la tempête
L'entraîne à mes yeux éperdus.
Divin Racine! ombre immortelle!
Ton fils.... il expire, il t'appelle;
Volez, muses, grâces, amours,
Volez! sa bouche vous implore;
Toi, déesse plus chère encore,
Amitié! vole à son secours.

Quels lauriers ceindront sa jeunesse,
S'il peut vaincre un destin jaloux!
Que ses vertus et ma tendresse,
O mer! désarment ton courroux!
Tu fuis en étalant ton crime......
La Parque saisit sa victime,
Et détourne ses yeux sanglans;
Ses yeux même en versent des larmes:
Les amours regrettent ses charmes
Et les arts pleurent ses talens.

O muses! recueillez ces restes
Que l'onde et la Parque ont flétris!
Disputez à ces mers funestes
Un triste et précieux débris.
Et toi, dont j'adore la cendre,
Si tes mânes daignaient entendre
Des chants consacrés à ta mort,
Que, pénétrant la rive sombre,
L'amitié console ton ombre
Des injustes rigueurs du sort!

ODE IX.

PENDANT LA MALADIE DE L'AUTEUR.

Je descends au sombre rivage;
Recevez mes adieux, soleil! muses! amour!
Toi! qui de ma pensée as le dernier hommage,
Thémire! ah! je te perds; je perds plus que le jour.

Mes chants n'ont pu fléchir l'Érèbe inexorable;
Las des cieux, et du monde inutile fardeau,
Je traînais de mes jours la chaîne déplorable
Sur les bords sanglans du tombeau.

Un poison enflammé dans mes veines circule,
Et flétrit sur mon front les myrtes expirans.
Don fatal de Nessus, tu consumas Hercule
De feux encor moins dévorans.

Mon œil solitaire et farouche
Verrait luire à regret un jour pur et serein:
De lugubres soupirs s'échappent de ma bouche,
Et mes sens sont glacés par un sommeil d'airain.

Les ruisseaux, les zéphirs, les doux présens de Flore,
Tout ce qui me flattait irrite mes douleurs:

Je pleure avec la nuit, je pleure avec l'aurore ;
Et les regards du jour sont lassés de mes pleurs.

Déjà le noir cyprès qui m'attend chez les ombres
    Couvre ma lyre et mon pinceau :
De trois fois neuf hivers j'aurai vu les nuits sombres
Séparer, en fuyant, ma tombe et mon berceau.

Cependant la victoire, en déployant ses ailes,
Sème dans l'univers nos lis et nos exploits.
La Tamise recule à ces tristes nouvelles,
    Et craint de couler sous nos lois.

O peuple que Cybèle enfanta pour la guerre !
Peuple amant de l'honneur, des arts et des vertus,
O Français ! tes destins sont de vaincre la terre,
Et la foudre à la main tu souris aux vaincus.

J'eusse chanté Minorque à nos armes soumise,
Et Frédéric dompté par l'astre de Louis,
La Seine disputant Neptune à la Tamise,
Et l'Inde et l'Océan ombragés par nos lis.

J'eusse encor.... Mais que peut une muse expirante,
Qui prépare en ces vers les pompes de son deuil ?
Ah ! de ses derniers feux l'étincelle mourante
    Ne doit éclairer qu'un cercueil.

Il s'ouvre, et de ses flancs un fantôme homicide
S'élève en déployant son lugubre drapeau !

Et des ombres déjà le pasteur et le guide
    Me pousse dans le noir troupeau.

Accours, sombre nocher! que l'infernale barque
M'entraîne pour jamais sur tes funestes bords;
Accours! dans son palais vois ton pâle monarque
    Me tendre le sceptre des morts.

Cerbère gronde en vain, la fière Tisiphone
Le replonge en son antre et dompte ses abois.
La flamme est dans ses mains; un serpent la couronne,
    Et le crime tremble à sa voix.

Ixion est en proie à sa roue implacable;
Près d'atteindre au sommet qu'il brûle de toucher,
Sisyphe, que repousse un mont inexorable,
Retombe, et tout-à-coup roule avec son rocher.

Je vous entends gémir, horribles Danaïdes!
Vous fumantes encor du sang de vos époux;
Votre urne dans ces flots, vengeurs des parricides,
Puise, en les fatiguant, un supplice trop doux.

Tombe, tombe aux enfers toute amante parjure,
Tout ami dont la flamme a pu trahir mes feux;
    Tout juge dont l'audace impure
De l'hymen qu'il outrage osa briser les nœuds!

O Styx! enfin j'échappe à ta rive embrasée;
Un jour pur chasse au loin les infernales nuits:

Quelle ombre vient m'ouvrir les portes d'Élysée,
Et de sa lyre d'or console mes ennuis ?

C'est toi , divin Rousseau ! toi, rival de Pindare,
Toi dont la Seine en pleurs regrette les accens ?
Quoi ! Saurin et l'envie échappée au Tartare
Voudraient souiller encor ta lyre et mon encens !

Hélas ! tant de lauriers, noble et vaine défense !
N'ont pu te garantir des foudres ennemis.
Un arrêt a frappé la gloire et l'innocence ;
Pleure, pleure ta honte, infidèle Thémis.

Fuyez, monstres jaloux ! c'est ici que repose
La gloire , la vertu , libre enfin des tyrans.
Je vois sous des lauriers, sous des berceaux de rose ,
Les grands hommes s'unir et confondre leurs rangs.

Là, Turenne s'enflamme aux accens de Virgile ;
Alexandre aux combats par Homère est guidé ;
Le sublime Corneille y plaît au fier Achille ;
        Et Pindare y chante Condé.

Amour ! j'entends les sons d'une lyre galante ;
Elle épand dans les airs d'harmonieux soupirs ;
O Tibulle enchanteur ! ta voix pure et brillante
Fait couler dans mes sens l'ivresse des plaisirs.

Que vois-je ? ma Thémire auprès de ta Délie
Sur des tapis de fleurs appellent leurs amans !
Lambris de Jupiter, cieux ! Parnasse ! Idalie !
Valez-vous du Léthé les rivages charmans ?

ODE X.

Oh ! que cet asile a de charmes !
Que j'aime ce doux bruit des ruisseaux argentés,
Et ces bois renaissans du Zéphyre agités !
    Je ne sais quelles douces larmes
S'échappent de mes yeux mollement enchantés!

    Une flatteuse rêverie,
Un invisible attrait s'empare de mes sens,
Un doux nom s'est placé sur ma bouche attendrie!
    Philomèle, ta voix chérie
    Le soupire dans ses accens.....

Cœurs sensibles; fuyez le charme involontaire
    De ces bois reculés du jour:
Craignez du rossignol la plainte solitaire.
C'est au fond de ces bois, asiles du mystère,
    Qu'a dû naître le tendre amour.

ODE XI.

Si j'osai, quand le sceptre arma la tyrannie,
D'un vers républicain épouvanter les rois ;
Si de la liberté l'indomptable génie
Sut toujours enflammer et mon cœur et ma voix ;

Si, malgré la Bastille et ses tours menaçantes,
Proclamant cette fière et sainte liberté,
J'osai poursuivre alors de mes rimes sanglantes
Et l'abus du pouvoir et son impunité ;

Si, de l'indépendance avançant la conquête,
Dans le sein des tyrans je plongeai le remord ;
Si la palme civique, en ombrageant ma tête,
La dévoue à la gloire et peut-être à la mort :

Français, dont j'éveillai les langueurs léthargiques,
Souverain trop long-temps par les rois détrôné,
Non, tu ne craindras point mes accens énergiques ;
Tu prêteras l'oreille à qui t'a couronné.

Tu règnes ! tu peux tout : crains ce pouvoir extrême ;
Crains surtout les flatteurs ; ils enivrent d'orgueil ;
Ils ont perdu les rois, ils te perdraient toi-même :
C'est eux qui sous le trône ont creusé le cercueil.

8.

La vérité, voilà mon offrande chérie.
Loin de toi pour jamais le vil encens des cours !
Flatter le souverain ; c'est trahir la patrie,
C'est du bonheur public empoisonner le cours.

Peuple ! sans la sagesse une aveugle puissance
Vers sa chute bientôt précipite ses pas.
La vérité m'inspire : ô terre ! fais silence ;
Malheur à l'insensé qui ne l'écoute pas !

Atome d'un instant, poussière fugitive,
Homme né pour la mort, parle ! as-tu fait les cieux ?
As-tu dit à la mer : Brise-toi sur la rive ?
As-tu dit au soleil : Marche et luis sous mes yeux ?

C'est un Dieu qui l'a dit ! ce dieu de la pensée
N'a pas besoin d'autels, de prêtres ni d'encens ;
Mais quelle ingratitude orgueilleuse, insensée,
Oserait lui ravir tes vœux reconnaissans ?

Et contre l'Éternel un vermisseau conspire !
Et, rampant dans un coin de ce vaste univers,
L'homme chasserait Dieu du sein de son empire !
Il nommerait sagesse un délire pervers !

L'impie atteste en vain le néant ou l'absence
D'un Dieu que les remords révèlent aux forfaits :
Et moi, j'ose attester l'invisible présence
D'un Dieu qu'à l'univers révèlent ses bienfaits.

Ces astres que tu vois, ce globe où tu respires,
Tes jours, ta liberté sont l'œuvre de ses mains.
Il tient du haut des cieux les rênes des empires,
Et veille avec amour sur les frêles humains.

Fuis, superstition ! tu l'armais d'un tonnerre :
Ton ministre insensé lui prêtait sa fureur.
Qui fait parler le ciel ment toujours à la terre ;
Et la terre encensait l'imposture et l'erreur.

Quoi ! l'Europe à genoux trembla sous la tiare !
Et le pieux effroi des crédules mortels,
D'un pontife romain payant le luxe avare,
Brigua l'honneur honteux d'enrichir ses autels.

Ah ! l'être indépendant, cause unique et féconde,
N'est point ce triple Dieu qu'enferme un ciel jaloux :
Père de la nature, il anime le monde ;
Nous respirons en lui comme il respire en nous.

Non, Dieu n'existe pas s'il n'est pas dans notre âme ;
C'est là que retentit son immortelle voix.
Il habite les cœurs ; c'est là qu'en traits de flamme
Lui-même a su graver nos devoirs et ses lois.

Son culte est la vertu ; le juste est son image.
D'hypocrites mortels l'ont trop défiguré.
Ah ! pourvu que des cœurs il reçoive l'hommage,
Qu'importe sous quel nom ce Dieu soit adoré ?

A ce grand Créateur qui te nourrit, qui t'aime,
Tu ne réserves point un oubli criminel.
Pour régner sur les rois, sers bien ce roi suprême;
Tombe avec l'univers aux pieds de l'Éternel.

Du Monarque éternel les nations sont filles :
Est-ce pour les tyrans qu'il créa l'univers?
Est-ce à leur fol orgueil, est-ce à quelques familles
Qu'il voulut asservir tant de peuples divers?

Le cèdre du Liban s'était dit à lui-même :
Je règne sur les monts; ma tête est dans les cieux;
J'étends sur les forêts mon vaste diadême;
Je prête un noble asile à l'aigle audacieux.

A mes pieds l'homme rampe.... et l'homme qu'il outrage
Rit, se lève, et d'un bras trop long-temps dédaigné
Fait tomber sous la hache et la tête et l'ombrage
De ce roi des forêts, de sa chute indigné.

Vainement il s'exhale en des plaintes amères,
Les arbres d'alentour sont joyeux de son deuil.
Affranchis de son ombre, ils s'élèvent en frères,
Et du géant superbe un ver punit l'orgueil.

ODES.

LIVRE TROISIÈME.

ODE I.

ASTRÉE,

OU LES REGRETS DE L'AGE D'OR.

ge d'or! siècle heureux! doux empire de Rhée!
uel astre bienfaisant nous rendra tes beaux jours?
t toi, fille du ciel, chère et divine Astrée!
     Nous fuis-tu pour toujours?

e sais qu'à tes bienfaits la terre enfin rebelle,
e força de voler aux célestes lambris :
os crimes t'ont vengée, ah! reviens de Cybèle
     Réparer les débris.

travers ces horreurs du glaive et du salpêtre,
Hélas! reconnais-tu ces champs délicieux,
es bocages rians, cet Olympe champêtre
     Qu'habitaient nos aïeux?

Sur des rameaux féconds l'homme cueillait la vie ;
Un lait pur l'abreuvait de ses flots argentés,
Et sa timide faim n'était pas assouvie
    De mets ensanglantés.

Le fer, paisible alors, ignorait le carnage ;
D'innocentes brebis nous cédaient leurs toisons :
Les cœurs étaient sans fiel, l'Olympe sans nuage,
    La terre sans poisons.

Les amans se paraient de fleurs toujours écloses ;
L'hymen ne venait pas enchaîner les désirs :
C'était l'amour encor : ses fers étaient des roses,
    Ses devoirs des plaisirs.

Le noir chagrin voltige autour des lits de soie ;
Vénus et le sommeil aiment des lits de fleurs :
Le ciel, dans ces beaux jours, ne permit qu'à la joie
    De répandre des pleurs.

Cette tendre pudeur, la première des grâces,
La pudeur seule était le fard de la beauté ;
Et la vertu riante amenait sur ses traces
    La pure volupté.

L'homme ignorait le crime, et les dieux le tonnerre
Nul terme soupçonneux ne borna les moissons :
Les biens étaient communs ; on ne vit sur la terre
    Ni Louvres ni prisons.

ıre de souverains, tout mortel croyait l'être;
vertu fit nos dieux; les mœurs firent nos lois;
bde ses nobles flancs Cybèle voyait naître
Tout un peuple de rois.

e la nature alors se plut sur nos rivages!
'elle aimait à sourire aux champêtres mortels!
ı culte fut l'amour, ses temples des bocages,
Des gazons ses autels.

ls trésors, nuls besoins: leur richesse était pure;
était l'or des moissons et l'argent des ruisseaux;
avaient pour lambris des tentes de verdure,
Pour sujets leurs troupeaux.

ı riche pauvreté! quels maux suivent ta perte!
ı que d'arts criminels sont enfans de Plutus!
ts, vous peuplez la terre! et la terre est déserte
Des premières vertus.

'aveugle ambition, la discorde barbare,
ı sourde politique aux nocturnes complots,
ardente soif de l'or et l'opulence avare
Respectaient leur repos.

es antiques forêts, dépouillant leurs ombrages,
'allaient point sur les mers lutter contre les vents;
ii de frêles humains défier les orages
Dans ces tombeaux flottans.

Ces bombes, de la mort filles épouvantables,
Et cet airain tonnant que Bellone a creusé
Ne lançaient point encore de leurs flancs redoutabl(
    Un trépas embrasé.

Les ans seuls nous guidaient vers la fatale barque ;
Une lente vieillesse éteignait leur flambeau ;
Mais l'homme ose ajouter, plus cruel que la Parque,
    Des routes au tombeau.

Nos Alcides, marchant en ligne foudroyante,
Hérissent de poignards leur tube meurtrier ;
Et le sabre à la main vole en troupe bruyante
    Le Centaure guerrier.

C'était peu de la terre : on combat sur les ondes.
L'homme embarque avec lui des orages brûlans :
Et Thétis voit tomber dans ses grottes profondes
    Des cadavres sanglans.

L'enfer même ignorait cette fatale poudre
Dont Mars unit la flamme aux ravages du fer :
Le croirai-je ? un mortel ose arracher la foudre
    Aux mains de Jupiter.

Il a pétri ces feux, horreur de la nature,
Ces grains qui font germer d'innombrables trépas ;
Effroyable assassin d'une race future
    Qu'il ne connaissait pas !

Sors de la tombe! et viens dans les champs de Bellone!
Vois de ton art fatal les sinistres bienfaits,
Vois ces corps tout fumans que ta foudre sillonne,
    Et compte tes forfaits!

Ah! plutôt disparais, monstre horrible et barbare!
Ton ombre à la nature inspire trop d'effroi :
Fuis! que ton art brûlant, trop digne du Tartare,
    S'y replonge avec toi!

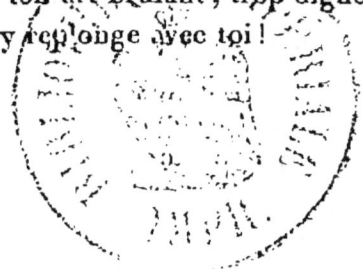

ODE II.

A DAPHNÉ,

SUR UNE BELLE AURORE.

Quelle clarté douce et féconde
Vient dorer ces rians coteaux ?
Zéphir s'éveille avec cette onde,
Et se joue entre ces roseaux.

Déjà Flore à ce dieu volage
Prodigue son fidèle encens;
Déjà l'oiseau sous le feuillage
Soupire ses premiers accens.

Baucis entr'ouvre sa cabane ;
Le daim fuit les traits d'Orion :
Voici le moment où Diane
Vole aux baisers d'Endymion.

Voici le moment du mystère
Et des timides voluptés;
Oui, le dieu charmant de Cythère
Aime ces douteuses clartés.

Dors, dors, surveillante cruelle !
Et vous aussi, fâcheux époux !
L'astre de Vénus étincelle,
Jeunes beautés, éveillez-vous !

Quitte l'alcôve de ta mère,
Daphné ! suis ma voix et mes pas ;
Échappe à ce lit solitaire
Qui me dérobe tes appas.

Vois ce myrte qui nous appelle
Sous ses feuillages amoureux :
Vois ce gazon pur et fidèle
Qui sourit aux amans heureux.

Non, jamais aurore si pure
N'a donné l'espoir d'un beau jour :
O ma Daphné ! c'est la nature
Qui se réveille pour l'amour.

ODE III.

ARION.

Quel est ce navire perfide
Où l'impitoyable Euménide
A soufflé d'horribles complots?
J'entends les cris d'une victime
Que la main sanglante du crime
Va précipiter dans les flots.

Arrêtez, pirates avares!
Durs nochers! que vos mains barbares
D'Arion respectent les jours!
Arrêtez! écoutez sa lyre;
Il chante! et du liquide empire
Un dauphin vole à son secours.

Il chante! et sa lyre fidèle,
Du glaive qui brille autour d'elle,
Charme les coups impétueux;
Tandis que le monstre en silence,
Sous le demi-dieu qui s'élance,
Courbe son flanc respectueux.

Le voilà, tel qu'un char docile,
Qui l'emporte d'un cours agile

Sur la plaine immense des mers !
Et, du fond des grottes humides,
Arion voit les Néréides
Courir en foule à ses concerts.

O merveilles de l'harmonie !
L'onde orageuse est aplanie ;
Le ciel devient riant et pur.
Un doux calme enchaîne Borée ;
Les palais flottans de Nérée
Brillent d'un immobile azur.

Jeune Arion, bannis la crainte ;
Aborde aux rives de Corinthe ;
Périandre est digne de toi ;
Minerve aime ce doux rivage ;
Et tes yeux y verront un sage
Assis sur le trône d'un roi.

Hélas ! si jamais la fortune
M'égarait au sein de Neptune,
Parmi des nochers ravisseurs,
Muses ! daignerez-vous m'apprendre
S'il est un nouveau Périandre,
Digne amant des savantes sœurs ?

Est-il vrai qu'en nos jours barbares
Où des Linus et des Pindares
On dédaigne les doctes vers ,
Un prince que Minerve inspire ,
Frédéric, ouvre son empire
Aux arts, flambeaux de l'univers ?

9.

ODE IV.

SUR L'ASSASSINAT DE TROIS ROIS,

LES ROIS DE FRANCE, DE PORTUGAL, ET LE ROI DE POLOGNE, ENLEVÉ EN 1771 PAR DES CONJURÉS.

Quelle aveugle fureur insulte aux diadèmes ?
Brisez, peuples, brisez ce parricide fer !
Assassiner les rois, c'est blesser les dieux mêmes :
Ils sont, n'en doutez pas, les fils de Jupiter.

C'est donc peu que le Styx, franchissant ses barrières,
De la Seine et du Tage ait armé les complots,
Et noirci la Néva de poisons adultères :
De la Vistule encore il soulève les flots.

Il attaque, il poursuit dans les champs du Sarmate
Ce jeune Stanislas, autrefois leur amour !
Errant, trahi, chassé d'une patrie ingrate,
C'est du moins en héros qu'il veut perdre le jour.

Des glaives conjurés il brave la furie :
Inspiré par le fer qui luit à ses regards,
Vers un peuple assassin il s'avance, il s'écrie :
« Frappe ton roi ! » ce mot a brisé les poignards.

L'âge d'or épargna des rois à nos ancêtres :
Ils étaient réservés à nos siècles d'airain.
Mortels au cœur de bronze, il vous fallut des maîtres :
Vous étiez las d'avoir le ciel pour souverain.

Vous ne l'écoutiez pas cette voix prophétique
Qui vous dit : « Arrêtez, peuples ; que faites-vous ?
« Quoi ! vous-même, asservir au pouvoir despotique
» La fière liberté dont vous fûtes jaloux !

« » Oui, le ciel va donner des rois, dans sa colère,
« » A vos cœurs endurcis, fatigués de bienfaits :
« » Vous ne méritiez plus les doux regards d'un père :
« » Un maître impérieux va punir vos forfaits.

« » Vos moissons, vos trésors, vos enfans et vous-même,
. » Tout cesse d'être à vous, tout sera son butin. »
Vous ne l'écoutiez pas, cet oracle suprême :
Par vous la terre esclave a subi ce destin.

Il fallut que Thémis vous forçât d'être justes :
Au défaut des vertus, il vous fallut des lois.
Respectez de vos dieux les successeurs augustes :
Le Styx fit les tyrans : Jupiter fit les rois.

Lui-même instruit leur bras à lancer son tonnerre :
Pour éclairer le monde il leur prête ses yeux ;
Et l'orgueil insensé des enfans de la terre
Doit pâlir à l'aspect de ces enfans des dieux.

ODE V.

APRÈS MES MALHEURS ET L'INFIDÉLITÉ
D'ADÉLAIDE.

Quoi! je lui confiais mon âme,
Elle seule régnait sur mes sens égarés,
Je ne vivais que de sa flamme,
Et soudain, ô parjure infâme!
L'ingrate ose trahir mes feux désespérés!

Eh! quel temps choisit la cruelle
Pour venir m'accabler de sa lâche rigueur!
Quand le destin m'est infidèle;
Quand je me reposais sur elle;
Quand mon cœur n'avait plus d'asile que son cœur.

Hélas! de sa bouche adorée
Un soupir!.... un soupir m'eût payé l'univers!
D'un soupir mon âme enivrée
Eût rendu grâce à Cythérée;
Et j'aurais à ce prix adoré mes revers.

Ah! pour une amante perfide
L'Olympe est-il sans feux, l'Érèbe sans tourment?
Que faites-vous, triple Euménide?

Laissez la pâle Danaïde ;
leurs époux sont vengés ; ah ! vengez un amant !

Ravagez ces charmes parjures,
les yeux qui me disaient : Je t'aimerai toujours ;
Ces lèvres que je crus si pures,
Où parmi de si doux murmures
les baisers me juraient de si tendres amours.

Et quand je goûte un bien suprême,
dans un gouffre de maux l'ingrate m'a plongé !
Ah ! périsse tout ce que j'aime,
Adélaïde..... amour..... moi-même !.....
qu'il est doux de mourir après s'être vengé !

~~~~~~

ODE VI.

•

AU SOLEIL,

SUR LES MALHEURS DE LA TERRE, DEPUIS LE DÉSASTRE
DE LISBONNE, EN 1755.

O toi dont l'œil tutélaire
Verse partout ses bienfaits!
Soleil! dont le globe éclaire
Les vertus et les forfaits!
Dis-nous, flamme vigilante,
Si ta sphère étincelante
Prêta jamais ses rayons
A des jours plus déplorables,
A des horreurs comparables
Aux horreurs que nous voyons.

C'était donc peu que la terre
Ébranlât ses fondemens,
Et qu'une intestine guerre
Armât tous les élémens!
C'était peu que leurs ravages
Eussent troublé nos rivages,
Et parcouru l'univers *,

---

* Le tremblement de terre qui détruisit Lisbonne se fit sentir dans
toutes les parties du globe.

Depuis les bornes d'Hercule,
Jusqu'où le Nord se recule
Dans le sein glacé des mers !

Fallait-il, astre du monde,
Qu'à ces fatales horreurs,
A ces révoltes de l'onde,
L'homme joignît ses fureurs?
Et voilà que des perfides
Blessent de traits parricides
Deux monarques adorés*,
Quand sur des gouffres encore
Lisbonne tremble et déplore
Ses murs, ses fils dévorés !

Tu le sais, flambeau céleste !
Toi qui, par leur centre ouvert,
Frappas d'un rayon funeste
Tout l'Érèbe découvert.
Ne vis-tu pas les furies
Déployant leurs barbaries,
Fuir ces gouffres redoutés,
Et des Gorgones impies
Les couleuvres assoupies
S'éveiller à tes clartés?

Cependant, sur le Rhodope
Agitant ses traits vengeurs,

---

* Assassinat de Louis xv, en 1757, et du roi de Portugal, en 1758.

Trois fois Mars troubla l'Europe
De ses tonnantes clameurs :
Trois fois l'horrible Tartare
Répéta ce cri barbare ;
Et les mères, à ces cris,
Trois fois détestant les armes,
Sur leur sein baigné de larmes
Pressèrent leurs tendres fils.

Vois-tu de l'Europe entière
S'armer les fleuves jaloux,
Et, pleins d'une ardeur guerrière,
Choquer leurs flots en courroux ?
C'est la Tamise insolente,
C'est la Vistule opulente,
C'est la Sprée aux fiers roseaux,
C'est le Rhin, l'Elbe et la Seine,
Et le fougueux Borysthène
Dont Mars enflamme les eaux.

Tel des hautes Pyrénées
Tombe un orageux torrent
Dont les vagues effrénées
Enflent le cours dévorant :
Il renverse les Driades ;
Il entraîne les Naïades ;
Il submerge les vallons :
Ses flots roulent sur la terre
Avec le bruit du tonnerre
Et l'aile des aquilons ;

Ou tel que du vaste gouffre
Qu'Etna renferme en ses flancs,
S'échappe un fleuve de soufre,
De rocs, de métaux brûlans.
L'air s'embrase, les champs fument;
Les forêts au loin s'allument;
Les remparts sont engloutis;
Et le volcan, dans sa rage,
Roule ce brûlant orage
Jusqu'aux gouffres de Thétis;

Tel des sommets de la Thrace
Descend Mars dans sa fureur :
Ses yeux lance la menace,
Et son casque la terreur.
Son souffle allume la guerre,
Son char dévore la terre :
La mort guide ses coursiers;
Et Bellone échevelée,
Dans la sanglante mêlée,
Presse le choc des guerriers.

Là, dans l'horreur et la poudre
Le fer insulte le fer :
La foudre combat la foudre :
L'éclair répond à l'éclair.
Oh! que de remparts s'écroulent!
Oh! combien de fleuves roulent
Les corps sanglans des héros!
Et de son aile effroyable

La Discorde impitoyable
Couvre la terre et les flots.

Belle reine d'Idalie,
Viens, dans cet affreux moment,
Viens aux champs de Westphalie
Reconnaître ton amant.
Épris des feux de Bellone,
Il a brisé ta couronne :
Le fer, la mort sont ses jeux ;
O Vénus ! rends-lui ta flamme ;
O Vénus ! calme son âme :
Éteins ce foudre orageux !

Mais loin des bornes de l'onde,
Et sous des astres nouveaux,
La guerre, en cyprès féconde,
Précipite nos vaisseaux.
Déjà les deux hémisphères
De nos crimes sanguinaires
Ont partagé les horreurs ;
Et l'Europe tyrannique
Promène dans l'Amérique
Ses vagabondes fureurs.

Sous quel immense esclavage,
O noble fille des mers* !

* L'Amérique.

Tu courbas ton front sauvage,
Et tendis tes mains aux fers,
Lorsque l'amante du pôle*,
Bravant les fureurs d'Éole
Et tous les flots mutinés,
Sur un abîme liquide
Dirigea le vol rapide
Des navires effrénés !

Malheur, malheur au barbare
Qui, prenant l'or pour conseil,
Porta cette Europe avare
Chez les peuples du soleil !
Soleil ! ton courroux s'allume !
Tu vis tomber Montézume
Sous des monstres triomphans :
Dans leur farouche délire
Ils détruisaient ton empire,
Ils égorgeaient tes enfans !

Un nouveau crime t'irrite !
Albion, à tes regards,
Franchit la vaste Amphitrite,
Déchaine ses léopards.
Le fer luit : ce bord fertile,
Teint du sang de Jumonville,
Eu boit à regret les flots ;
Et ce sang arme la foudre

* La boussole.

Qui veille pour mettre en poudre
Nos implacables rivaux.

Roi des cieux ! ainsi la guerre
Partout souille tes bienfaits !
Ainsi l'or, roi de la terre,
Souffle partout les forfaits !
Tu gémis de voir l'Afrique
Vendre aux tyrans du Mexique
Sa noire fécondité,
Que plonge au fond des abîmes,
Où l'or germe avec les crimes,
L'avare inhumanité.

Ah ! périsse la mémoire
De nos lamentables jours !
Grand Dieu ! quelle ombre assez noire
En peut absorber le cours?
Siècle infâme ! siècle atroce !
Où l'impiété féroce
Du ciel usurpa les droits !
Le trône est sans priviléges;
Et les poignards sacriléges
Ont frappé le sein des rois.

Soleil ! à nos destinées
Prête des jours plus sereins;
Vers les îles Fortunées
Conduis nos pas incertains.
Bords rians, douce contrée,

Où la fugitive Astrée
Reposa ses ailes d'or !
C'est là que, bravant les Parques,
L'homme a ses dieux pour monarques,
Et la vertu pour trésor.

Là, d'une Thémis vénale,
Jamais l'organe effronté
Ne vendit, avec scandale,
Son oracle à la beauté.
Là, par un affreux mystère,
Jamais l'époux adultère
Et l'infâme ravisseur,
Pour écraser l'innocence,
N'appelèrent la puissance
Au secours de la noirceur.

Jamais l'horrible Mégère
N'y vint, d'un fatal tison,
Armer la coupable mère
Du héros de Calydon.
Jamais la main égarée
D'une sœur dénaturée
Du sang n'y rompit les nœuds.
Là, soleil, tes feux augustes
N'éclairent que des cœurs justes,
Des cœurs purs comme tes feux.

Ces illusions charmantes
D'un bonheur en vain promis,

10.

Et les fidèles amantes,
Et les sincères amis,
Tous ces aimables mensonges,
Qui, plus légers que des songes,
Trompaient nos crédules yeux,
Quittant leur vaine apparence,
Y font goûter l'assurance
D'un bonheur digne des dieux.

Là, sous mille fleurs écloses,
L'onde roule des saphirs :
Les champs sont peuplés de roses ;
L'air est peuplé de zéphirs.
L'encens naît sur ces rivages,
L'encens y fait les nuages :
On n'entend que des concerts.
Là, sourit à la nature
Une aurore toujours pure,
Des ombrages toujours verts.

Aux regards des Euménides,
Beaux lieux, soyez inconnus !
Volez-y, muses timides,
Et vous, amours ingénus,
Fuyez ces rives coupables,
Ces gouffres inexorables,
Ces élémens conjurés.
Soleil! que ta flamme oublie
Ces bords, dont la vue impie
Souilla tes rayons sacrés.

ODE VII.

A UNE MAITRESSE ABSENTE,

APRÈS UNE LETTRE INJURIEUSE.

N'était-ce pas assez des rigueurs de l'absence?
    Devais-je, par mon imprudence,
D'une beauté sensible irriter les tourmens?
Pardonne! ô de mon cœur la moitié la plus chère!
Pardonne! j'ai brisé la plume téméraire
    Qui servit mes ressentimens.

Pour deux cœurs enflammés que le destin sépare,
    Pour tromper l'absence barbare,
Vénus même inventa les billets amoureux :
Sur un papier discret la parole tracée,
Aux bords les plus lointains fit voler la pensée ;
    Amour! elle peignit tes feux.

Et moi, cruel amant! Quel usage funeste
    Ai-je fait de ce don céleste,
Qui de ma jeune amante eût calmé les regrets?
Ma colère a tracé des lignes criminelles,
J'ai condamné ses yeux à des larmes cruelles
    Par des reproches indiscrets.

Que ne peut le courroux quand il aveugle une âme?
        L'airain tonnant, le fer, la flamme,
S'opposerait en vain à ce monstre indompté;
Il braverait la foudre et la vague écumante;
Il blesserait les dieux!.... puisqu'il blesse une amante,
        Et qu'il outrage la beauté.

L'insensé qui pétrit l'argile à son image,
        Sans doute a du lion sauvage
Mis la férocité dans le cœur des mortels :
Trop digne qu'un vautour à jamais le dévore,
C'est lui seul, ô Vénus! déité que j'adore,
        Qui m'a fait braver tes autels.

Mais la douce prière aux lèvres gémissantes,
        Étendant ses mains suppliantes,
Suit la rapide injure au regard effronté :
Elle baisse ses yeux de pleurs toujours humides;
Et près de Jupiter portant ses yeux timides,
        Désarme l'Olympe irrité.

Toi! qui d'Adélaïde as fait naître les charmes,
        Vénus! présente-lui mes larmes;
Une jeune beauté n'a pas un cœur d'airain :
Que de ses yeux en pleurs s'échappe un doux sourire,
Comme on voit dans l'orage un doux rayon nous luire,
        Et promettre un jour plus serein.

ODE VIII.

A LA MÊME, LE MÊME JOUR,

EN RECEVANT UNE LETTRE D'ELLE.

Oui, je te reconnais, ma chère Adélaïde !
Voilà du tendre amour les naïves douleurs :
Tes larmes ont coulé sur ta plume timide,
Et je baise, en pleurant, les traces de tes pleurs.

Que ces mots effacés me peignent bien ton âme !
Ils flattent mes regards heureux et désolés.
J'essuirai tes beaux yeux par cent baisers de flamme ;
Ils pleureront encore, et seront consolés.

Moins plaintive, à mes yeux tu serais moins charmante ;
Ah ! combien ta douleur a d'empire sur moi !
C'est vous que j'en atteste ! ô larmes d'une amante !
Je t'aime, Adélaïde ! et n'aimerai que toi.

Que dis-je ? amant barbare !.... Une lettre fatale
Vole à ce tendre cœur porter de nouveaux coups :
Ah, j'ai lancé le trait du malheureux Céphale !
Mais Procris, en mourant, pardonne à son époux.

Ma grâce est dans ton cœur : ton âme généreuse
Ne m'accablera point d'un reproche éternel.
L'amante qui pardonne est encor trop heureuse ;
Et si je t'aimais moins, j'eusse été moins cruel.

ODE IX.

AU MOIS DE MARS,

APRÈS UN RACCOMMODEMENT AVEC ADÉLAÏDE.

Règne, règne à jamais dans les fastes de Gnide,
Mois heureux, que ta gloire y brille en lettres d'or !
C'est toi qui m'as donné ma chère Adélaïde ;
    C'est toi qui me la rends encor.

C'est peu que des zéphirs tu ranimes les ailes,
Et qu'au bélier céleste ouvrant le sein des airs,
Tu sèmes le printemps de quelques fleurs nouvelles,
    Impatientes des hivers.

Ah ! par ton influence amoureuse et divine,
Toi qui portes le nom d'un amant de Vénus,
Ma jeune amante, encor plus belle qu'Éricine,
    Reprend des nœuds interrompus.

Ton doux éclat me guide à son alcôve aimée,
A ce lit, doux témoin, mais qui depuis... hélas !
Mon œil en reconnaît la route accoutumée ;
    Mon cœur tressaille à chaque pas.

Là, je vois ses beaux yeux, me souriant encore,
S'attendrir, se voiler de charmantes langueurs ;

Et le feu du plaisir, dans ses yeux que j'adore,
    Étinceler parmi les pleurs.

Là, sa bouche m'appelle, et ses baisers humides
Enivrent mes baisers de nectar et de feux;
Comme au jour où Vénus a de flammes liquides
    Pénétré ses flancs amoureux.

Tu croissais au doux sein d'une amante si belle,
Gage invisible encor de ses baisers chéris!
Je te sens palpiter sous la main paternelle;
    Jeune enfant, tu seras mon fils!

Et toi qui de ma flamme as calmé les orages,
Toi, qui remets au port le vaisseau des amours!
Mois chéri, mois divin! puissent d'affreux nuages
    Ne jamais effrayer ton cours!

ODE X.

EUROPE.

« Où vais-je ? dieux ! ô dieux ! et quel monstre rapide
» M'entraîne, en bondissant, sur la plaine liquide ?
» La vague m'environne et me glace d'effroi :
» O ma douce patrie ! ô mes sœurs ! ô ma mère,
        » O palais de mon père !
» Tu ne reverras plus la fille de ton roi !

» Bords heureux de Sidon ! rives enchanteresses !
» Ai-je dû préférer un monstre et ses caresses
» Au charme de cueillir vos innocentes fleurs ?
» Je te rappelle en vain, berceau de mon enfance !
        » Errante et sans défense,
» Je cours l'onde orageuse, hélas ! sourde à mes pleurs.

» Venge-moi, Jupiter ! (et l'imprudente ignore
Que le Dieu qui l'enlève est le Dieu qu'elle implore !)
» O Jupiter ! foudroie un monstre audacieux,
» Un fatal ravisseur, dont les perfides charmes,
        » Sources de tant de larmes,
» De la crédule Europe ont trop séduit les yeux.

» Mer terrible ! ah ! qu'au moins ton utile furie,
» Si je n'ai pu, vivante, aborder ma patrie,

1.   11

» M'y rende pour jamais par un naufrage heureux :
» Jette Europe mourante au bord qui la vit naître ;
　　　» Prompte à m'y reconnaître,
» Ma mère attend de toi ce présent douloureux.

» Mais quelle île soudaine offre au loin ses rivages?
» Ah! s'il est sur ces bords quelques monstres sauvages,
» Qu'ils viennent de mes jours terminer les horreurs ;
» Avant qu'un noir chagrin me sèche et me dévore,
　　　» Puissé-je, belle encore,
» Des tigres affamés repaître les fureurs ! »

Telle Europe fendait le sein des mers profondes ;
Tels ses cris égarés frappaient les vastes ondes ;
Ses blonds cheveux épars flottaient au gré des airs ;
Et les fleurs qu'en son voile elle avait amassées,
　　　Sur les flots dispersées,
Vont servir de guirlande aux déesses des mers.

Un nuage de pleurs cache à ses yeux timides
Ces tritons, accourus de leurs grottes humides,
Qui tous la contemplaient d'un œil respectueux ;
Tandis qu'un dieu vainqueur, plein d'amour et de joie,
　　　Bondissant sous sa proie,
Vers la Crète s'élance à pas impétueux.

A peine il y touchait, ô merveille suprême!
Ce taureau qui n'est plus, c'est Jupiter lui-même !
C'est le dieu qui préside aux lambris étoilés ;
Qui, des sommets d'Olympe au centre de la terre,

Fait rouler son tonnerre ,
Ou calme d'un regard tous les cieux ébranlés.

Mais toujours la grandeur eut des soins trop austères ;
Toujours la majesté nuit aux tendres mystères !
Jupiter aime : il veut ne paraître qu'amant ;
Sa foudre, ses éclairs, cette pompe terrible
    Fuit de son front paisible ,
Et n'y laisse briller qu'un feu doux et charmant.

« Belle Europe, dit-il , pourquoi gémir encore ?
» Contemple à tes genoux Jupiter qui t'adore ,
» Heureux d'être immortel pour t'adorer toujours !
» Je n'ai point fui l'Olympe : il n'est qu'où tu respires
    » Même quand tu soupires,
» Je sens que ta douleur embellit les amours.

» Conçois un noble orgueil, mortelle fortunée !
» Cède au maître des dieux ; cède à la destinée
» Qui réserve à ta race un immortel honneur :
» Je veux de nos soupirs consacrer la mémoire ;
    » Que l'excès de ta gloire
» Apprenne à l'univers l'excès de mon bonheur !

» Tu vois ces doux climats , riche et vaste contrée
» Qu'échauffe avec amour la zone tempérée,
» Et que pressent deux mers de leurs flots écumeux ;
» Du monde divisé cette noble partie
    » Va t'être assujétie,
» Et d'Europe à jamais porter le nom fameux.

» C'est là qu'est ton empire : il doit braver les Parques.
» Que de peuples rivaux ! que de puissans monarques
» Te doivent leur naissance, et leur gloire, et leurs noms !
» Mais, Europe, ta fille à mes yeux la plus chère,
          » Doux espoir de son père,
» C'est la reine des lis, l'amante des Bourbons.

» Ils seront, ces héros : j'armerai leur courage ;
» Leur trône à l'univers doit faire un vaste ombrage,
» Et leurs fronts s'élever sur la tête des rois,
» Autant que de l'Ida les plus superbes chênes,
          » De leurs têtes hautaines,
» Surpassent l'arbrisseau, frêle habitant des bois.

» Je mettrai dans leurs mains l'olive et le tonnerre ;
» Leur sort sera de vaincre ou d'éclairer la terre ;
» La main des arts ceindra leurs fronts victorieux ;
» Et ce brillant essaim que de la nuit des âges
          » Enferment les nuages,
» Saura franchir des temps l'obstacle injurieux.

» Mère superbe ! alors de tes fils entourée,
» Sous l'ombrage des lis, triomphante, adorée,
» Combien tu chériras ces fruits de nos amours !
» Veux-tu de ces destins, par un refus injuste,
          » Rompre la chaîne auguste,
» Et, contraire à mes feux, reculer ces beaux jours ? »

Un baiser suit ces mots : Europe, demi-nue,
Craint de céder, et cède à sa flamme ingénue ;

Son voile et sa pudeur en vain luttent encor :
Que ne peut un amant ! leurs baisers se répondent ;
      Leurs âmes se confondent ;
Et l'Olympe, autour d'eux, verse un nuage d'or.

ODE XI.

BRUMAIRE AN II.

. . . .
. . . .
. . . .

République! tu nais pour venger l'univers.

Ah! pour être à jamais triomphante et paisible,
Donne au mérite seul les rangs et les emplois;
Mère d'enfans égaux, sois une, indivisible;
Mais que ta liberté soit esclave des lois.

L'orgueil au désespoir, la rage fanatique
Tenteront d'ébranler tes nouveaux fondemens.
Pour vaincre de cent rois l'active politique,
C'est peu de tes amis, il te faut des amans.

Il te faut de ces cœurs dont la brûlante ivresse
Au-devant des périls s'empresse de courir;
Et, fière de lancer la foudre vengeresse,
Sois fidèle au serment de vaincre ou de mourir.

Oui! de leur sang impur qu'ils rougissent la terre!
Qu'ils meurent sous le glaive, au bruit de nos succès!
Les traîtres qui, votant la famine et la guerre,
Brûlent d'anéantir jusqu'au nom des Français.

Oui! consacrons nos mains dans le sang des perfides :
Pour venger son pays tout Français est soldat ;
Mais laissons aux tyrans les poignards homicides ,
Et d'un peuple égorgé le vaste assassinat *.

Charles de ces horreurs put seul être coupable ;
Tel fut ce roi bourreau qu'on nomme en frémissant ;**
Mais un peuple! sa loi doit punir le coupable.
Le frapper sans Thémis c'est le rendre innocent.

Ah ! de sang et de pleurs soyons du moins avares ;
Vengeons-nous justement d'un injuste pouvoir :
Est-ce à des malheureux à devenir barbares?
Hommes! soyez humains, c'est le premier devoir.***

Du sauvage effréné la vengeance est atroce ;
Sa haine boit le sang dans des crânes affreux.
L'esclave révolté peut devenir féroce :
Le vrai républicain fut toujours généreux.

La force courageuse exclut la barbarie.
On peut à la clémence instruire des lions ;
Mais comment l'inspirer aux tigres en furie,
A ces rois altérés du sang des nations?

D'un faux républicain, si le vœu téméraire
S'égarait vers le trône, après l'avoir brisé ;
S'il enivrait de sang sa Thémis arbitraire,
Frappe-le, glaive affreux, par lui-même aiguisé.

* La Saint-Barthélemi. — ** Charles IX. — *** Cette ligne sacrée est
de J. J. Rousseau.

Son trône est l'échafaud : là, que de ses victimes
Les mânes indignés lui déchirent le flanc!
Que leur cri le poursuive au fond des noirs abîmes,
Qu'il y tombe plongé dans un fleuve de sang!

Tout empire sans doute a des momens extrêmes,
Où la nécessité commande la rigueur :
Sauver le peuple alors, voilà nos lois suprêmes;
Mais il veut que le fer soit juste en sa fureur.

Je sais des rois tyrans la maxime terrible:
« La justice n'est point une vertu d'état. »
Mais l'injustice heureuse est-elle moins horrible ?
Et jamais la vertu fut-elle un attentat ?

Un peuple brise en vain des chaînes qu'il abhorre,
S'il n'est point épuré par ses propres revers :
S'il n'est point vertueux, il n'est pas libre encore :
Et ses vices bientôt le rendraient à ses fers.

Amis, ah! si jamais nous foulons avec gloire,
D'un pied libre et vainqueur, les trônes abattus,
Songez qu'il faut encore absoudre la victoire,
Par le bonheur du peuple et d'austères vertus.

Il n'est point sans vertus de juste indépendance,
De notre liberté généreux conquérans,
Sauvons-la des forfaits de l'atroce licence ;
Est-ce aux vainqueurs des rois d'imiter les tyrans?

»Que leur âme perfide apprenne à nous connaître,
IEt que de nous corrompre ils s'épargnent le soin *.
3Si Tarquin renaissait, un Brutus va renaître !
»Qu'il vienne un Porsenna ! Scévola n'est pas loin.

ĿAlbion, dans son cœur, fait en vain le partage
ĿDes villes que son or espère nous ravir :
ĿAlbion subira le destin de Carthage,
ĿUne autre Rome encor jure de l'asservir.

ĿAux fourbes couronnés laissons la ruse oblique,
ĿL'art des Machiavels est lâche et soupçonneux.
ĿSoyons grands, soyons purs, gardons la foi publique ;
ĿDe la fraternité qu'elle serre les nœuds !

»Gardons la foi publique ! et des feuilles légères,
ĿMême de l'or absent, remplaceront le cours ;
ĿMais, et l'argent et l'or, richesses mensongères,
ĿSi nous trompions la foi, seraient d'un vain secours.

ĿPeuple ! tant qu'à vous seul la France est redevable,
ĿPourriez-vous redouter de funestes besoins ?
ĿSa fidèle Cérès n'est jamais insolvable ;
ĿDe la foi de Bacchus ces coteaux sont témoins.

Que Plutus loin de nous prodigue ses largesses.
Indigent de vertus, de mœurs, de liberté,

---

* Pitt prodiguait l'or pour acheter nos villes frontières, et corrompre l'intérieur.

L'esclave du monarque a besoin de richesses;
Le fier républicain chérit la pauvreté.

Français! aimez-la donc cette noble indigence.
La liberté, le fer, voilà votre trésor!
Les rois sur leur richesse appaîront leur vengeance;
Montrez-leur que le fer a toujours dompté l'or.

Une mâle vertu fonde la république;
Le despotisme affreux pour base a la terreur.
Entre ces deux pouvoirs, le pouvoir monarchique
S'élève sur un trône appuyé par l'honneur.

L'honneur! eh! qui peut donc honorer des entraves?
Un monarque est bientôt despote impunément,
En vain il adoucit le joug de ses esclaves :
Rien n'est plus dangereux qu'un despote clément.

Octave eût succombé sous les traits de la haine;
Auguste pour Octave implora le pardon;
Sa clémence égorgea la liberté romaine :
Il fut aux vrais Romains plus fatal que Néron.

Je l'avoue, en donnant des pleurs à la nature,
Oui! César dut périr sous le fer de Brutus.
Les rois pèsent de loin à la race future:
Pour cent Caligulas s'offre à peine un Titus.

La liberté, sans doute, est jalouse, ombrageuse;
Cette fière déesse éprouve ses amans.

Mais d'un républicain la vertu courageuse,
Aux caresses des rois préfère ses tourmens.

Dans nos murs où l'Ibère a semé les alarmes,
Entendez-vous frémir ces captifs généreux * ?
Ils brûlent de combattre, ils implorent des armes :
Les voilà ! l'Espagnol tombe, ou fuit devant eux.

Mais ce dont Rome antique eût envié la gloire,
Ce qu'admire en pleurant la France et l'univers ;
Dès qu'ils ont par leur sang acheté la victoire,
Vainqueurs soumis aux lois, ils reprennent leurs fers.

* Des officiers français mis en prison à Saint-Jean-de-Luz, pour une
légère faute de discipline, ayant obtenu de combattre les Espagnols, se
rendirent en prison après la victoire.

ODES.

LIVRE QUATRIÈME.

ODE I.

AUX FRANÇAIS.

O Messène, frémis : Sparte n'est point domptée ;
Il lui reste ma lyre : elle enflamme les cœurs.
Tu le disais : ta lyre, ô sublime Tyrthée !
    Enfanta des vainqueurs.

Français, ressaisissez le char de la victoire ;
Aux armes, citoyens ! il faut tenter le sort.
Il n'est que deux sentiers dans les champs de la gloire,
    Le triomphe ou la mort.

Celui que Mars couronne au bout de la carrière,
Sur ses pâles rivaux lève un front radieux ;
Et la palme qui luit sur sa tête guerrière,
    Le place au rang des dieux.

La palme suit de près un espoir magnanime ;
Le doute des succès déjà touche aux revers.

Accourez, combattez; la France vous anime;
    Les prix vous sont offerts.

L'entendez-vous gémir, cette auguste patrie?
Elle vous tend les bras, et ses yeux sont en pleurs :
Ses lauriers sont épars; sa guirlande flétrie
    Implore des vengeurs.

« O mes fils! vous dit-elle, ô douleur trop amère!
» Quelle ombre vient ternir vos lauriers et mes lis?
» D'un peuple généreux je me croyais la mère.
    » N'êtes-vous plus mes fils?

» Jadis, quand la victoire enflammait vos ancêtres,
» Le Capitole eut peine à sauver ses Romains;
» La maîtresse du monde eut vos aïeux pour maîtres;
    » Rome fut dans leurs mains.

» Que devient aujourd'hui cette audace si fière?
» Du destin des héros n'êtes-vous plus jaloux?
» Prêts à franchir de Mars la sanglante carrière,
    » Soldats, où fuiriez-vous?

» Vous, guerriers! vous, Français! vous, mes fils! si vous l'ê
» Vengez-moi, vengez-vous; osez être vainqueurs :
» Les périls, les combats sont les seules retraites
    » Ouvertes aux grands cœurs.

» Revenez, ô mes fils, avec ou sur vos armes!
» Ainsi Sparte guerrière éleva ses enfans,

» Contente de les voir au retour des alarmes,
   » Ou morts ou triomphans!

» Si la mort, qui toujours suit les fuites honteuses,
» Dans l'éternelle nuit vous plongeait à mes yeux,
» De quel œil vous offrir aux ombres belliqueuses
   » De vos braves aïeux?

» Un seul de leurs regards saurait trop vous confondre;
» Que diraient les Clissons, les Dunois, les Bayards?
» Enfans des voluptés, qu'oseriez-vous répondre
   » A ces enfans de Mars?

» Là vous verrez Moncalm, ombre chère et sanglante;
» Ce sang coula pour moi, pour venger mes revers :
» S'il respirait encor, l'Amérique tremblante
   » N'eût point reçu de fers.

» Que dis-je? l'Amérique..... On insulte mes rives;
» L'Anglais m'ose ravir et la terre et les eaux.
» Français! verrai-je encor mes dépouilles captives
   » Enrichir ses vaisseaux?

» O mes fils!.... » A ces mots, le trouble, les alarmes,
De sa voix maternelle interrompent le cours.
Français, vous l'entendez; c'est la patrie en larmes
   Qui vous tient ce discours.

Vengez-la; repoussez des nations jalouses;
De vos aïeux du moins défendez le tombeau,

Vos pères, vos foyers, le lit de vos épouses,
    Et vos fils au berceau.

Quels sont vos ennemis? des lâches, des parjures,
Implorant tour à tour et bravant les traités,
Des restes fugitifs de légions obscures,
    Par vous-mêmes domptés.

Vous n'eûtes pour vainqueurs, ni le fer homicide,
Ni ces piéges de flamme échappée en volcans :
Votre ennemi fatal, c'est ce luxe timide,
    Corrupteur de vos camps.

C'est cet orgueil jaloux, ces haines intestines,
Qui, divisant les chefs, immolent le soldat :
Malheur à qui s'élève en foulant les ruines
    Des lois et de l'état !

Sur le vaisseau public il faut veiller sans cesse
Pour triompher des vents, des rochers et des mers :
Un seul moment encor de sommeil ou d'ivresse,
    Et ses flancs sont ouverts!

Sachez que nos destins sont enfans de nous-mêmes.
La fortune est un nom; le hasard a des lois,
Et ne fait point, sans nous, flotter les diadèmes
    Sur la tête des rois.

Pourquoi de vos malheurs rendre les dieux complices?
Nos revers sont toujours l'ouvrage de nos mains;

Ce qu'on nomme du sort les aveugles caprices,
    Sont les jeux des humains.

De Crevelt, de Minden si la triste mémoire
Imprimait dans vos cœurs ou la honte ou l'effroi,
Rappelez-vous Lawffeld, rappelez-vous la gloire
    Des champs de Fontenoi.

Du sang de nos rivaux ces plaines sont fumantes;
Le soc y vient heurter leurs ossemens épars,
Et l'Escaut roule encor, jusqu'aux mers écumantes,
    Les casques et les dards.

Les palmes d'Hastembeck, filles de votre audace,
Et Minorque soumise à vos premiers efforts,
Tout devait, dissipant la terreur qui vous glace,
    Enflammer vos transports.

Ah! si de vos lauriers la tige s'est flétrie,
Vrais Achilles, quittez les myrtes de Scyros;
Combattre pour la gloire et venger sa patrie
    Est le sort d'un héros.

Plus brûlant que ces feux qui des sombres Ardennes
Embrasent les forêts de sapin en sapin;
Plus fier que l'Aquilon précipitant les chênes
    Du haut de l'Apennin,

Il vole, il fait briller la flamme vengeresse;
La terreur le devance, et la mort suit ses coups:

12

Le fer, le feu, le sang échauffe encor l'ivresse
    De son noble courroux.

Dans les plaines de Mars s'il doit trouver sa tombe,
Sa tombe est un autel respectable aux guerriers ;
Et couvert de cyprès, heureux vainqueur, il tombe
    Sur un lit de lauriers.

Ainsi tomba jadis dans les champs de Ravenne,
Entouré d'Espagnols immolés par son bras,
Ce Nemours indompté que Mars suivait à peine
    Dans le feu des combats.

Vous eussiez vu la gloire, en ces momens funeste,
De son voile de pourpre entourant ce héros,
Le porter tout sanglant sur les voûtes célestes,
    Loin des yeux d'Atropos.

Mais celui dont la fuite ose acheter la vie
Revient, les yeux baissés, par de sombres détours ;
Il craint tous les regards : la peur, l'ignominie
    Enveloppent ses jours.

C'est l'opprobre éternel des bords qui l'ont vu naître,
Du sein qui l'a nourri, des flancs qui l'ont porté ;
D'un père, d'une épouse il se voit méconnaître ;
    Ses fils l'ont rejeté.

Vil aux yeux de l'amour, vil aux yeux du courage,
Lui-même il se dédaigne ; il respire l'affront ;

Le fardeau de la vie est un poids qui l'outrage
    Et lui courbe le front.

Ah ! de ces vils destins vos âmes indignées
S'embrasent à ma voix des feux de la valeur ;
Et le glaive assoupi dans vos mains dédaignées,
    S'éveille pour l'honneur.

Soldats ! vouez ce glaive aux dangers de la France ;
Ne quittez point ce fer, de carnage altéré,
Que ce fer n'ait éteint sa soif et sa vengeance
    Dans un sang abhorré.

S'il vous manque des chefs, du fond des rives sombres
Évoquons Luxembourg, ou Turenne, ou Villars :
Héros de nos aïeux, marchez, augustes ombres,
    Devant nos étendards.

Toujours on vit l'audace enchaîner la fortune ;
Faites à la victoire expier son erreur ;
Dans le sein d'Albion, chez les fils de Neptune,
    Renvoyez la terreur.

Tels d'affreux léopards, dans leurs courses sanglantes ;
Ravagent de Barca les déserts escarpés ;
Mais l'aspect d'un lion, roi des plages brûlantes,
    Les a tous dissipés.

Dieux ! avec quels transports une épouse, une mère ;
Vont presser le vainqueur entre leurs bras chéris !

Qu'il est beau de couvrir les cheveux blancs d'un père
   Des lauriers de son fils !

Ce fils verra les siens, un jour dans sa vieillesse,
Autour de lui pressés, suspendus à sa voix,
Eveiller leur audace, enflammer leur jeunesse
   Au bruit de ses exploits.

C'est alors que ma lyre, amante du courage,
Consacrant ce mortel par d'immortels accens,
Fera d'un nom si beau retentir, d'âge en âge,
   Tout l'empire des temps.

ODE II.

DQ D'UNE PAUVRETÉ MALE EST L'AIGUILLON DE LA GLOIRE
ET DU GÉNIE.

Le champ des pommes d'or en palmes est aride ;
Ces fruits contagieux enivrent la raison :
Muse ! tu n'iras point sur la rive Hespéride
  Cueillir leur funeste poison.

C'est en vain que Plutus, dangereux Hippomène,
Sèmerait dans ta course un métal suborneur ;
On ne te verra pas, Atalante incertaine,
  Moins prompte au sentier de l'honneur.

Le mérite, élancé du sein de l'indigence,
Sait prendre vers la gloire un vol plus courageux,
Et sa vertu confond la noire intelligence
  Des astres les plus orageux.

Noble et fière indigence ! aux revers aguerrie,
Amante de l'honneur, et mère des vertus,
C'est toi qui sus former, sous le nom d'Égérie,
  Le successeur de Romulus.

C'est ton amour austère, et que Minerve inspire,
Qui lui fit aux Romains dicter de justes lois ;

Toi seule as pu fonder les destins et l'empire
  Du peuple souverain des rois.

En vain l'or de Carthage et s'indigne et menace;
La pauvreté de Rome a mis Carthage aux fers :
Les sceptres d'or tombaient sous l'indigente audace
  Des conquérans de l'univers.

L'Homère des Anglais, le Milton de la Grèce,
Sublimes indigens, reçurent des autels;
Et ce divin Rousseau, qu'adore le Permesse,
  Dut la vie à d'humbles mortels.

Sous les vils instrumens d'une obscure industrie,
Les destins lui cachaient sa lyre et son pinceau :
Il eût moins honoré les arts et sa patrie,
  Si l'or eût paré son berceau.

Ces vers, qui de Bernis ont chanté les pénates,
Par une plume d'or ne furent point tracés :
Riche faveur des rois, depuis que tu le flattes,
  Ses vers sont brillans et glacés.

De son obscure asile, un moderne Catulle,
A son oiseau parleur fit prendre un noble essor,
Avant que la fortune à sa muse crédule
  Eût attaché des ailes d'or.

Plutus, un jour, trouvant une lyre égarée,
Une corde rompit sous l'effort de ses doigts :

Il en mit une d'or ; riche et déshonorée,
    Cette lyre perdit la voix !

Des enfans de Plutus on sait trop les disgrâces ;
Jamais de Calliope ils n'eurent les faveurs :
L'or ne peut embellir la ceinture des Grâces,
    Ni la guitare des neuf sœurs.

Heureux qui, satisfait des richesses du Pinde,
De son libre destin sait rendre grâce aux dieux,
Et foulerait aux pieds tous les trésors de l'Inde,
    Sans daigner y jeter les yeux !

ODE III.

A FANNI,

SUR UN BAISER.

Ah ! tu viens d'enivrer mon âme
D'un baiser si délicieux ,
Que j'ai cru respirer la flamme
Dont Vénus embrase les dieux.

Ce n'est point un baiser ; non, c'est l'amour lui-même ;
Il passe dans mon cœur, et mon cœur embrasé ,
Tout-à-coup palpitant, saisi d'un trouble extrême,
A reconnu le dieu vainement déguisé.

Il se trouble, il palpite encore ,
Il se plaît à se consumer ;
Il désire, il craint, il adore ,
Et tout conspire à l'enflammer.

Aux accens de ta voix mon âme est éperdue ;
Mes regards inquiets brillent d'humides feux ;
Je rougis, je pâlis ; un voile est sur ma vue ;
Tous mes sens sont en proie au délire amoureux.

Même quand ma bouche est muette,
Fanni, mon cœur parle à ton cœur :

Et le doux nom de son vainqueur
Est le seul nom qu'il me répète.

Absent de tes regards, dans l'ombre et le sommeil
Je te vois, je te suis, j'embrasse ton image ;
De mes songes brûlans, Fanni, reçois l'hommage ;
Fanni, reçois encor l'hommage du réveil.

    O baiser! divine caresse!
    Source flatteuse de tourment!
    O Fanni! partage l'ivresse
    Du baiser qui m'a fait amant!

Te désirer, te voir, te parler et t'entendre,
T'aimer!... que sais-je encore? Il est un autre vœu!...
Donne un second baiser plus secret et plus tendre ;
J'étais plus qu'un mortel : je serai plus qu'un dieu.

ODE IV.

A JULES ANTOINE,

Pindarum quisquis, etc.

Quiconque, dans son vol, ose imiter Pindare,
Sur des ailes de cire, ambitieux Icare,
Va chercher follement sa perte dans les airs ;
Bientôt, précipité de la voûte céleste,
　　Son audace funeste
N'enrichit d'un vain nom que l'abîme des mers.

Tel qu'un fleuve, à grand bruit, tombant d'un roc sauvage
Fier et nourri des eaux, tribut d'un long orage,
Croît, s'élève, franchit ses bords accoutumés ;
Tel Pindare, échappant d'une source profonde,
　　Bouillonne, écume, gronde,
Roule, immense, à nos yeux éperdus et charmés.

Tous les lauriers du Pinde ornent son front lyrique,
Soit que, dans la fureur d'un chant dithyrambique,
Il se laisse emporter à des nombres sans lois ;
Ou qu'il mêle au torrent d'une libre harmonie,
　　Ces trésors du génie,
Ces mots audacieux qu'il prodigue avec choix ;

Soit qu'il chante les dieux et leur vaillante race,
Ces rois qui du Centaure étouffèrent l'audace,
Et la chimère en feu vomissant le trépas,
Ou que son vers consacre un immortel trophée
  Au mortel dont l'Alphée
Vit le ceste ou le char vainqueurs dans ses combats;

Soit qu'il pleure un héros que la parque jalouse,
Hélas! vient de ravir à la plus tendre épouse,
Qu'il le venge en ses vers d'un trépas odieux;
Que sa muse l'enlève aux bords de l'onde noire,
  Et, tout brillant de gloire,
Le place dans l'Olympe au sein même des dieux.

Tel le cygne d'Ismène, ouvrant ses vastes ailes,
Que soutiennent des vents les haleines fidèles,
Plane avec majesté dans le ciel le plus pur;
Et moi, timide abeille, errante dans la plaine,
  Je ravis, non sans peine,
Un peu de miel aux fleurs qui parfument Tibur.

Jules, c'est donc à toi de célébrer la gloire
Du héros qu'en nos murs ramène la victoire:
Attache le Sicambre à son rapide char:
Que la feuille sacrée, ondoyant sur sa tête,
  Doux prix de sa conquête,
A ses justes désirs, promette le nectar!

Auguste est le plus cher de tous les dons célestes;
Auguste a seul banni les désordres funestes;

Il défend, il protége, il embellit nos jours.
Choisi par les destins, jamais un plus grand homme
Ne peut veiller sur Rome,
Même si l'âge d'or renouvelait son cours.

Triomphe! m'écriai-je à son heureux passage;
Triomphe! redira le Tibre et son rivage.
Les vœux, les fleurs, l'encens, partout seront offerts;
Et de loin, secondant avec ma faible lyre
Ton sublime délire,
Je mêlerai ma voix à tes doctes concerts.

Immole en ce grand jour dix taureaux, dix génisses!
Je sèvre un de leurs fils; et pour les dieux propices,
Loin de sa mère, il croît, il paît en bondissant:
Son front menace en vain; et son arme innocente
De Phœbé renaissante
A peine imite encor le timide croissant.

ODE V.

SUR UN BAISER ENVOYÉ PAR GESTE.

Baiser, qui t'échappais des lèvres demi-closes
    D'une jeune et tendre beauté !
Baiser teint de nectar dans la coupe de roses
    Où l'amour boit la volupté !

Baiser, dont un doux geste a guidé le passage
    A travers les argus jaloux !
Baiser, dont un coup d'œil m'avouait le message
    Avec un sourire si doux !

Tu partais ; je l'ai vu, j'ai vu ta vive flamme
    Qui sillonna l'air amoureux :
Tu volais ; et déjà l'espoir t'ouvrait mon âme ,
    Impatiente de tes feux.

Vaine attente ! ah ! Zéphir te déroba sans doute ;
    Ou toi-même, éperdu, troublé ,
Tu t'égaras peut-être ; ou bien, à demi-route,
    Le scrupule t'a rappelé.

13.

ODE VI.

IMITATION DE LA DEUXIÈME ODE D'HORACE.

Jam satis terris, etc.

Assez et trop long-temps des orages sinistres,
De ton courroux, grand Dieu ! redoutables ministres,
    Ont épouvanté les mortels !
Assez et trop long-temps tes mains étincelantes
Ont lancé la tempête et les foudres brûlantes
    Sur nos remparts et nos autels.

Roi des dieux ! souviens-toi que Rome te fut chère !
Laisse aux pleurs des humains apaiser ta colère ;
    -Daigne enfin calmer nos terreurs.
Déjà les nations craignaient que ta puissance,
Du siècle de Pyrrha, dans ces jours de vengeance,
    Ne ressuscitât les horreurs.

Siècle horrible en effet, où les pâles Driades
Virent avec effroi les tremblantes Naïades
    Nager sur les vertes forêts ;
Et les lions cruels entre les daims timides,
Flotter au gré des vents sur des plaines liquides
    Où s'engloutirent nos guérets.

Nos yeux ont vu le Tibre, écumant de furie,
Ramener tout-à-coup des bords de l'Étrurie
        Ses flots et son humide char.
De son Ilie en pleurs trop esclave peut-être,
Aux yeux de Rome entière il fait assez connaître
        Qu'il venge l'ombre de César.

Quel frein peut retenir ses nymphes vagabondes?
Aux fureurs d'une épouse il a prêté ses ondes;
        Il franchit ses bords désolés.
Et le cours orageux de ses ondes fatales,
Du palais de Numa, du temple des vestales,
        Entraîne les murs écroulés.

Et vous, jeunes Romains! ô lamentable reste!
Vous, à peine échappés au délire funeste
        De vos parricides aïeux,
Vous saurez que nos mains aux forfaits obstinées,
Plongeaient dans notre sang des armes destinées
        Au sein du Parthe injurieux.

O désastre! ô fureurs! oh! quelle main divine,
De l'empire déjà penché vers sa ruine,
        Daignera soutenir le poids?
Quel sacrifice heureux, quelle pieuse adresse
Peut enfin de Vesta réveiller la tendresse
        Toujours insensible à nos voix?

Dieu suprême! quel Dieu, de nos guerres impies
Doit enfin expier les fureurs assoupies?

César, hélas! est trop vengé.
Viens, puissant Apollon! qu'un nuage environne
Ces rayons immortels dont l'éclat te couronne;
    Que ton char en soit ombragé.

Ou toi, que les amours caressent de leurs ailes,
Toi, que suivent les jeux et les grâces fidèles,
    Descends, mère des doux plaisirs!
Ou toi, Mars! dieu de sang, vengeur de nos murailles,
Viens; tant d'affreux combats, d'horribles funérailles,
    Ont trop assouvi tes désirs.

Vois nos champs ravagés; vois ta Rome expirante!
De ta race plaintive entends la voix mourante;
    Calme nos destins orageux.
Mais le choc et l'éclat des casques et des armes,
Le carnage effréné, les sanglantes alarmes,
    Le fer, la mort, voilà tes jeux!

Toi seul, divin Mercure! as daigné nous entendre;
Sous les traits d'un héros mes yeux t'ont vu descendre
    Vers les remparts de Romulus.
O vengeur de César! dans le sein de nos villes
Étouffe ces flambeaux des discordes civiles,
    Encor teints du sang de Rémus.

Sois le dieu des Romains; Rome en toi seul espère;
Daigne sourire aux noms et de chef et de père;
    Reçois uos vœux et nos autels:
L'Olympe qui t'est dû, t'envie à nos collines;

Ah, laisse le nectar dans les coupes divines,
   T'attendre chez les immortels.

Avant qu'au sein des dieux ta grande âme s'envole
Le triomphe t'appelle aux murs du Capitole ;
   Ses lauriers implorent tes mains :
Protége nos remparts ; que tes mains fortunées
Écartent loin de nous les courses effrénées
   Du Parthe, fatal aux Romains !

ODE VII.

LYSIS A LA JEUNE AGLAÉ.

Séduisante Aglaé! crois que si Lysis t'aime,
Il n'a point à l'amour lâchement obéi.
Les Grâces, les neuf sœurs, et Minerve elle-même,
Tout m'a dit de t'aimer; hélas! tout m'a trahi.

Ah! devais-tu m'offrir, et cette âme si belle,
Et ces yeux si touchans sous le voile des pleurs?
Aux larmes d'Aglaé pouvais-je être rebelle?
Tout semblait nous unir, tout... jusqu'à nos malheurs!

Je pleurais une amante indignement parjure;
Tu pleurais un amant infidèle à tes vœux:
Nous avions à punir une commune injure;
Nous pouvions nous venger en devenant heureux.

Toutefois combattant un intérêt si tendre,
Peut-être j'échappais aux amours irrités;
Mais le cœur d'un mortel a-t-il pu se défendre
Seul, contre les efforts de tant de déités?

ODE VIII.

LE FUNESTE PRESSENTIMENT.

Oui, ma chère Aglaé! tu m'aimes; je t'adore;
Et Vénus n'a jamais formé de si doux nœuds:
Le voile du secret les embellit encore;
Tout rit à nos désirs; rien ne trouble nos feux.

Et cependant j'ai peine à retenir mes larmes!
Je pleure sur ton sein, je frémis dans tes bras;
Couvert de tes baisers, je meurs dans les alarmes;
Ton cœur sera constant; mais le sort ne l'est pas.

Le sort peut nous trahir: on craint tout quand on aime!
Chère amante! je crains l'excès de ta beauté;
Je crains les dieux jaloux, je crains ton amour même;
Je crains jusqu'à l'excès de ma félicité!

ODE IX.

SUR LA PAIX DE 1762.

J'ai vu Mars ; je l'ai vu des sommets du Rhodope
Précipiter son char et ses coursiers fougueux :
Je t'ai vue, ô Bellone ! épouvanter l'Europe
    De tes cris belliqueux.

Ah ! périsse le jour où la Sprée insolente,
Pareille à ces torrens échappés de l'Etna,
Vomit son onde en feu sur la Saxe tremblante,
    Aux rochers de Pyrna !

Depuis ce jour sanglant, ô que de jours funestes
Ont épuisé du sort les tragiques horreurs !
Que de rois ont pleuré les vengeances célestes,
    Et leurs propres fureurs :

Organe de la mort, la trompette effrayante
Appelait aux combats et la terre et les mers ;
Et l'Amérique a vu l'Europe foudroyante
    Tonner dans ses déserts.

Alors furent changés eu glaives homicides
Le soc de Triptolème et la faux de Cérès :
Aux yeux du laboureur le char des Euménides
    Sillonna les guérets.

Sept fois l'été brûlant, sept fois l'humide automne,
Sept fois le sombre hiver hérissé de glaçons,
Vit la noire Atropos faire aux champs de Bellone
    D'effroyables moissons.

Eh ! pourquoi de la mort précipiter les ailes ?
La tombe est-elle encor trop loin de nos berceaux ?
Malheureux, est-ce à nous que les parques cruelles
    Ont remis leurs ciseaux ?

Glaive affreux ! que fais-tu dans nos mains sanguinaires ?
Poursuis-tu des forêts les monstres dévorans ?
Non : l'homme égorge l'homme, assassins mercenaires
    Vendus aux conquérans !

O sainte humanité ! quelle effrayante image
Offre à tes yeux en pleurs ce globe malheureux,
Tous ces fleuves de sang, ces plaines de carnage,
    Et ces piéges de feux?

Sans doute Némésis, en ses profondes nues,
Accumulant sur nous les orages du sort,
Lance de toutes parts ces flèches inconnues
    Au carquois de la mort.

I.   14

Assez et trop long-temps ont roulé sur nos têtes
Tous ces globes de fer qui brisent nos remparts ;
Trop long-temps ont régné les homicides fêtes,
    Les jeux sanglans de Mars.

Que ces bouches de feu, qui soufflaient le carnage,
Que ces monstres d'airain se taisent pour jamais,
Ou grondent sans fureur, expiant leur ravage,
    Aux fêtes de la paix !

Telle après les éclats d'un horrible tonnerre,
Sur les restes grondans d'un nuage enflammé,
La bienfaisante Iris vient apprendre à la terre
    Que l'Olympe est calmé.

O rois, enfans des Dieux, imitez leur clémence !
Un trône bienfaisant est rival des autels:
Étouffez des combats l'implacable semence ;
    Épargnez les mortels.

Pasteurs des nations que le ciel vous confie,
Quittez ce titre auguste, ou rendez-vous heureux ;
Mais l'orgueil des héros toujours nous sacrifie
    A ses coupables vœux.

Eh ! qui peut envier les palmes de la gloire
S'il faut, pour les cueillir, ensanglanter ses mains ?
Le Titus des Français préfère à la victoire
    Le bonheur des humains.

Son ministre fidèle et que Minerve inspire,
Va réparer de Mars les sinistres revers :
Le moment qui rendra la paix à son empire,
        La rend à l'univers.

O paix ! divine paix ! si long-temps implorée,
Prends du haut de l'Olympe un favorable essor !
Et sur le front sanglant de l'Europe éplorée
        Fixe tes ailes d'or.

Tes mains, de l'Océan nous ouvrent les barrières;
Ces pins navigateurs, amis des matelots,
Vont descendre à ta voix de leurs forêts altières,
        Et traverser les flots.

Par les nœuds du commerce embrasse les deux mondes ;
Et des climats de l'Inde aux rives du Bœtis,
Guide nos pavillons sur les vagues profondes
        De l'immense Thétis.

Tes regards ont calmé l'orageuse Angleterre;
Les peuples du soleil, enfans des vastes eaux,
Ne verront plus sortir et la foudre et la guerre
        Des flancs de ses vaisseaux.

Aux deux mondes rivaux donne un juste équilibre;
Rends les peuples amis, et les rois citoyens;
Rends l'univers heureux : le bonheur d'être libre
        Est le premier des biens.

Eh ! peux-tu sans pitié voir un or tyrannique
De l'Africain servile acheter les malheurs ?
L'humanité, qu'outrage un abus politique,
　　　Te présente ses pleurs.

Des enfans du Niger affranchis le rivage;
De la nature enfin ose venger les droits :
Fais que l'humanité, rompant leur esclavage,
　　　Signe aux traités des rois.

L'univers te rappelle, aimable fugitive !
Enchaîne la discorde aux autels de Janus :
Brise les noirs cyprès, et joins ta douce olive
　　　Aux myrtes de Vénus.

De pampres et de fleurs tu couronnes la terre;
Les bergers conduiront leurs paisibles troupeaux
Où Mars tendit ses camps, où grondait son tonnerre,
　　　Où flottaient ses drapeaux.

Oh ! que de fils rendus à leurs mères tremblantes !
Que d'épouses en pleurs reverront leurs époux,
Et ne pâliront plus aux nouvelles sanglantes
　　　De Bellone en courroux !

Tu souris; et de Mars domptant la fière audace,
Tu vois fuir les combats devant tes yeux sereins :
Ta présence bannit la guerre et la menace
　　　Du cœur des souverains.

Ainsi, quand les zéphirs, sur leur aile fleurie,
Ramènent l'alcyon, doux espoir des nochers,
Le flot grondant s'apaise, et roule sans furie
    Du sommet des rochers.

ODE X.

A DÉLIE.

Des malheurs d'un amant secrets dépositaires,
Tes lèvres et ton sein sont baignés de mes pleurs!
Laisse-moi dévorer mes ennuis solitaires,
 Sans t'accabler de mes douleurs.

Quoi! de nouveaux baisers jurent que tu m'adores!
L'infortune à tes yeux me prête des attraits;
Quoi! je suis malheureux, et c'est toi qui m'implores!
 Tu veux partager mes cyprès.

Tu veux t'opposer seule aux coups de la tempête;
Ton cœur va se placer entre la foudre et moi!
Arrête, chere amante! ô ma Délie, arrête!
 Tu m'as fait connaître l'effroi.

Épargne-moi l'horreur de trembler pour tes charmes;
Sépare tes beaux jours de mon astre orageux :
Revis pour le bonheur !.... je vivrai de mes larmes,
 Et du souvenir de nos feux.

ODE XI.

BRUMAIRE AN II.

Des insensés ont dit : L'ignorance est guerrière,
Enseignons l'ignorance; elle fait les héros.
Éteignons le génie. Éteindre sa lumière,
Barbares ! c'est rentrer dans la nuit du chaos.

L'ignorance créa vos despotes, vos prêtres,
Tous ces rois, tous ces dieux rêvés par la terreur ;
Vos pères héritaient du joug de leurs ancêtres ;
Ils naissaient, ils mouraient condamnés à l'erreur.

Le jour luit. Trop long-temps l'aveugle fanatisme,
De fantômes sacrés peupla les cieux déserts ;
Trop long-temps l'huile sainte, offerte au despotisme,
A coulé sur des fronts stupides ou pervers.

. . . .
. . . .
. . . .
. . . .

. . . .
. . . .
. . . .
. . . .

Il est , il est sans doute une fête sacrée,
La plus digne en effet d'un peuple souverain ,
Et qu'un sage* inventa dans l'heureuse contrée
Où l'homme osa d'un roi briser le joug d'airain.

Après avoir banni les tyrans et la guerre,
Implorant le grand Être en fils respectueux,
Dans un champ , sous un ciel qui sourit à la terre,
Accourt et se rassemble un peuple vertueux.

Là , s'élève un autel, et sur l'autel un trône :
Sur ce trône est placé le livre de la loi :
Près de ce livre auguste on pose une couronne ;
Ces mots y sont gravés : Peuple ! il n'est plus de roi.

Au nom du Dieu vivant , un mortel vénérable
La prend, la rompt, la donne en fragmens précieux.
Peuple ! tu la reçois dans ce jour mémorable ;
Ton hymne , ô liberté ! fait retentir les cieux.

Que Paris soit rival de la ville des frères.
Hâtons-nous d'écraser des despotes jaloux ,
Et paisibles vainqueurs des tyrans sanguinaires,
Français, renouvelons un spectacle si doux.

La sagesse a parlé : Silence ! vains oracles.
Temple de l'Éternel, sois pur à ses regards ;

* Franklin.

Jartyrs de la patrie, enfantez des miracles ;
ânes encor sanglans, guidez nos étendards !

n'entends-je ? muse, écoute ! Un dieu venge l'empire.
pbourg a reculé dans ce moment fatal.
n long cri de victoire excite encor ma lyre ;
n nouveau Scipion est vainqueur d'Annibal.

n'importe des Germains la tactique savante ?
es chefs jadis fameux, les centaures guerriers ?
a fuite est leur espoir, leur chef est l'épouvante,
mand nous armons de fer nos tubes meurtriers.

me ne peut le Français et sa valeur rapide ?
. se rit de l'obstacle, il triomphe en courant ;
'est l'aigle qui dans l'air fond sur l'oiseau timide ;
'est un fleuve indompté ; c'est un feu dévorant.

Comme on voit l'Apennin qu'assiége un long orage,
iffronter la tempête et braver les autans ;
insi, de nos guerriers l'indomptable courage,
Lepousse tous ces rois complices des tyrans.

Vos destins sont de vaincre ! ô Français magnanimes !
l'Anglais, fourbe et cruel, qui cent fois contre vous,
irma tout ce que l'or peut acheter de crimes,
Dans Toulon reconquis tombera sous vos coups.

Neptune est fatigué de leur ile parjure ;
Qu'ils tremblent ces tyrans de l'empire des eaux ;

De nos ports insultés Londre expira l'injure :
La Tamise en frémit dans ses mornes roseaux.

Je n'irai point alors, comme autrefois Malherbe,
Chanter de vains exploits sous les murs de Memphis :
Albion, je dirai sur ma lyre superbe,
Tes veuves dans nos fers pleurant leurs derniers fils.

Dans les bras de l'oubli la victoire étouffée
N'aurait point d'avenir sans le charme des vers :
Il nous faut un Pindare, un Linus, un Orphée ;
Cygnes ! il en est temps, commencez vos concerts.

C'est à Minerve seule à consacrer l'audace,
Qu'elle apaise de Mars les féroces clameurs ;
Vainement d'un empire il eût changé la face :
Il faut des lois, des arts, des vertus et des mœurs.

Seuls, d'un pouvoir durable ils fondent l'assurance.
Consacrons le burin, la lyre, le pinceau ;
Bannissons loin de nous le vice et l'ignorance,
Du peuple qui va naître éclairons le berceau.

Renaissons dans nos fils : ô vous ! race nouvelle,
Qu'instruira de nos maux le fatal souvenir,
Espoir de la patrie, ah ! mon cœur vous appelle ;
Jeunes républicains, sortez de l'avenir.

L'instruction fait tout : enfans de la lumière,
Vous rendez aux mortels les arts consolateurs,

t foulant des tyrans l'orgueilleuse poussière,
ous redirez en paix mes vers législateurs.

ils de la liberté, fille du Dieu suprême,
que le monde par vous s'épure à son flambeau!
lendez républicains la terre et le ciel même,
que les jours, que les ans soient fiers d'un nom si beau !

Thémis qui, parmi nous, terrible, inévitable,
D'une morne frayeur nous fit souvent frémir,
Voilera devant nous son glaive redoutable,
Et la douce pitié n'aura plus à gémir.

Ils cesseront ces jours de terreur politique :
Le sang aura coulé pour la dernière fois.
L'or n'ira plus corrompre et marchander l'Afrique ;
La terre n'aura plus d'esclaves ni de rois.

Moins nombreux par le crime et l'erreur de vos pères,
Vos soins effaceront ces vestiges sanglans ;
La vertu bannira de vos fastes prospères
L'exécrable Vendée et l'horrible Coblentz.

Aussi braves que doux, vrais amans de la gloire,
Si des lauriers de Mars il faut vous couronner,
La clémence naîtra du sein de la victoire,
Et, la foudre à la main, vous saurez pardonner.

L'abus de la puissance usa le diadème :
Vous rendrez tous les cœurs heureux de vos succès ;

La liberté périt par la liberté même :
Du plus juste pouvoir vous craindrez les excès.

Vos jeunes fronts, couverts de palmes et d'olives,
S'embelliront encor du myrte des amours,
Et la Seine par vous reverra sur ses rives
La victoire et la paix l'embrasser pour toujours.

Fidèle à cet espoir d'une âme fière et tendre,
Arbre de liberté ! croîs toujours avec eux :
De l'une à l'autre mer tes rameaux vont s'étendre ;
Prête encore ton ombre à nos derniers neveux.

ODES.

━━━

LIVRE CINQUIÈME.

───❖───

ODE I.

LE TRIOMPHE DE NOS PAYSAGES.

Quoi! de Tibur, de Lucrétile,
Horace a vanté les douceurs !
Et nous, dans un oubli stérile,
Nous laissons nos bords enchanteurs.
Nous taisons ces frais Élysées,
Ces retraites favorisées
De Zéphir, du calme et des eaux,
Où l'œil croit, loin des rives sombres,
Voir tout le peuple heureux des ombres
Errer encor sous des berceaux.

Serait-ce l'onde du Pénée
Qui serpente dans ces vallons ?
Tivoli, Blanduse, Albunée,
Vous n'êtes plus que de vains noms.
Ah ! mieux que dans les bois d'Algide,

Orion suit le daim timide
Sous les hauts chênes de Sénar ;
Et Céphale toujours fidèle,
Y voit d'une aurore plus belle
Étinceler l'humide char.

La Seine et l'aurore descendent
Vers la reine de nos cités :
Leurs ondes, leurs rayons s'étendent
Entre des palais enchantés.
Un double fleuve la partage :
Le Louvre y baigne son image,
Peinte dans ce vaste miroir.
Plus loin, le pavillon de Flore *
Verra le soleil qui le dore,
Rougir les nuages du soir.

Jardin pompeux qui nous étales
Le faste du trône et des arts,
Je laisse tes ombres royales ;
Là, m'appelle le Champ-de-Mars ;
Là, Vincenne, espoir des Dryades,
Passy, fameux par ses naïades,
Auteuil**, qu'aima le dieu des vers ;
Fontenai, couronné de roses ;
Et toi, Meudon, toi qui reposes
Sous des ombrages toujours verts !

---

* Beau pavillon des Tuileries, au bord de la Seine, à l'aspect du midi et du couchant.

** Village consacré par les maisons de campagne de Boileau et de Molière.

La colline qui, vers le pôle *,
Borne nos fertiles marais,
Occupe les enfans d'Éole
A broyer les dons de Cérès.
Vanvres, qu'habite Galathée,
Sait du lait d'Io, d'Amalthée,
Épaissir les flots écumeux ;
Et Sèvre, d'une pure argile,
Compose l'albâtre fragile
Où Moka nous verse ses feux.

Sans doute l'amant d'Érigone
De Surène a fui les coteaux ;
Mais là, Montreuil fixe Pomone
Dans ses labyrinthes nouveaux ;
Ici, les bois de Romainville
Couronnent ce vallon fertile **
Dont le sol n'a jamais trompé,
Et qui n'oppose à la rapine
Que l'églantier et l'aubépine,
Seul rempart du nouveau Tempé !

Mais le dieu léger d'Idalie
Me ramène à ce bois charmant ***,
Où l'infortune de Pavie
M'offre un antique monument ****.
Mille chars, dans ces routes sombres,

* Montmartre. — ** Les prés Saint-Gervais. — *** Le bois de Boulogne. — **** Le château de Madrid.

Se croisent sous leurs vertes ombres,
Y promènent mille beautés :
Tous les papillons de Cythère
Y suivent d'une aile légère
Ces cœurs par Zéphire emportés.

Est-ce l'art magique d'Armide
Qui te suspend à ces coteaux,
Toi* qui fais d'un cours si rapide
Descendre l'ombrage et les eaux ?
Que de cascades bondissantes
Tombent en nappes blanchissantes,
Et s'engouffrent dans ces bassins,
Tandis que l'écume élancée
De l'onde par l'onde pressée,
Rejaillit au front des sapins !

Ah ! pour un mortel adorable,
Épure tes eaux, tes zéphirs,
Genevilliers, retraite aimable,
Qui charmas ses rians loisirs.
Chez toi les muses et les grâces,
Cueillant des roses sur ses traces,
Lui prodiguent leurs doux concerts ;
Vaudreuil, nom sacré pour mon âme,
Oh ! que ne puis-je en traits de flamme,
T'immortaliser dans mes vers.

* Saint-Cloud.

Hébé, plus fraîche et moins ornée,
Plaît mieux que l'auguste Junon :
Versailles ! ta pompe étonnée
Cède aux grâces de Trianon.
Oui, tes fastueuses merveilles
Épuisèrent les doctes veilles
Des arts soumis à tes désirs ;
Louis te combla de largesses ;
Tu me présentes des richesses,
Et mon cœur cherche des plaisirs.

Frais bocages de Morfontaines,
Que vos aspects sont gracieux !
Que de vos routes incertaines
Le Dédale est mystérieux !
Qu'avec plaisir, loin des orages,
Tu prépares ces doux ombrages,
Et que tes jours y seront purs,
Toi *, par qui la Seine vengée,
D'un vil obstacle dégagée,
Coule avec gloire dans nos murs !

Il est donc une autre Vaucluse
Vraiment digne de nos concerts,
Où mieux que Laure une autre muse
A Pétrarque eût dicté ses vers ?
Maupertuis, que les sources vives,
Dans ton beau vallon, fugitives,

* M. Le Pelletier de Morfontaines, alo.s prévôt des marchands

M'offriraient d'aimables trésors,
S'il pouvait en être où réside
La muse froide et l'âme aride
Du maître qui glace tes bords !

Que de l'arbre cher à Dodone
Navare soit toujours paré !
Que toujours le myrte couronne
Anet, à Gnide préféré !
Je te consacre à la mémoire,
Noble asile, qui dus ta gloire
Au charme de tes belles eaux * !
Viens avec tes roches hautaines,
Tes bois, tes cygnes, tes fontaines,
Décorer mes riches tableaux !

Toi qui m'inspires et m'appelles,
Tu ne seras pas oublié,
Beau lieu**, si cher à nos Apelles,
Plus cher encore à l'amitié.
Je ne vois plus ta roue humide
Blanchir un cylindre rapide
De la dépouille des guérets ;
Mais garde bien le nom champêtre
Que te donna ton premier maître,
Utile esclave de Cérès.
Laisse au faste qui se ruine
Gâter la nature à grands frais :

---

* Fontainebleau. — ** Moulin Joli.

De ta simplicité divine
Conserve les touchans attraits ;
Ces vieux saules ridés par l'âge,
Ce pont caché sous le feuillage,
Ces bords aux contours ondoyans,
Où la Seine, embrassant tes îles,
Se plaît sous les voûtes mobiles
De tes ombrages verdoyans.

Je voulais chanter sur ma lyre
Ermenonville et Chantilli ;
Mais le printemps vient de sourire
Dans les bocages de Marli.
Épris de ses grâces nouvelles,
Mon cœur y vole sur les ailes
Et de Zéphire et de l'amour :
Que j'aime ces légers portiques
Ombragés de ces bois antiques,
Que respectent les feux du jour !

Vénus n'est plus dans Amathonte ;
Vénus habite ces jardins !
L'Olympe céderait sans honte
Au charme de ces lieux divins.
Là, quand la paisible Diane,
Promenant son char diaphane,
De ses feux argente les airs,
Des nymphes la troupe folâtre
Danse et foule d'un pied d'albâtre
L'émeraude des tapis verts.

Toujours, sur ces rives fleuries,
Les grâces cueillent leurs bouquets;
Toujours les tendres rêveries
Sont errantes dans ces bosquets.
Des fleurs l'haleine parfumée,
Le doux bruit de l'onde animée,
Tout rend ces bords délicieux :
L'œil s'y plaît, le cœur y soupire;
C'est ici que j'aimai Delphire !
Muse, couronne ces beaux lieux !

ODE II.

Ah! que ta solitude inspire,
Bois sombre, qui du jour braves les feux jaloux!
Que j'aime ce feuillage animé du zéphire!
Que cette onde me plait! Elle éveille ma lyre,
    Et lui prête des sons plus doux.

Dans ces dédales de verdure
Je plonge un long regard de plaisir enivré :
L'enthousiasme y naît d'une volupté pure;
Je me crois dans ces bois seul avec la nature;
    Seul j'y goûte un calme sacré.

Mais dans l'ombrage ensevelie,
Que Philomèle épand d'harmonieux soupirs !
Je crois entendre encor soupirer ma Délie !
Je pleure et suis heureux! douce mélancolie,
    Ah! tes larmes sont des plaisirs!

Fuyez, fuyez de cet asile,
Orageuse fortune! aveugle ambition !
J'ai trouvé loin des cours un port sûr et tranquille :
Fuyez! Irai-je encor, sur ma barque fragile,
    Tenter des mers sans Alcyon ?

ODE III.

QUE LA BEAUTÉ NE REVIT QUE DANS LES BEAUX VERS, ET
QUE LE GÉNIE SEUL N'EST POINT SOUMIS AU TEMPS.

Source de bonheur et de peine,
Beauté chère aux mortels, ah! ne sois point trop vaine
D'un charme frêle et passager !
Par une longue tyrannie
Ne tourmente point le génie;
De l'envieux Saturne il peut seul te venger.

Ivre d'un amoureux délire,
Il peut jusqu'aux enfers te suivre avec sa lyre,
Et les soumettre à tes appas ;
Tandis que tes pâles rivales,
Vains jouets des Parques fatales,
Descendront, sans Orphée, au séjour du trépas.

Ses baisers ne sont point sans gloire :
Sa lyre les consacre au temple de mémoire ;
Un doux objet vit dans ses chants :
Ses chants passent de bouche en bouche,
Et la pudeur la plus farouche
N'est point inexorable à ses accords touchans.

S'il meurt, l'immortalité même
Vient planer sur sa tête à son heure suprême :
 Son âme vole dans les cieux.
 Si quelque beauté lui fut chère,
 L'avenir encor la révère ;
L'amante du poète y charme tous les yeux.

 L'heure fatale en vain menace :
Né pour être immortel, un enfant du Parnasse
 Insulte aux outrages du temps :
 Les siècles n'ont rien qui l'étonne,
 Et même en sa dernière automne,
Il mêle à ses lauriers les roses du printemps.

 Vous que l'amour, la gloire assemble,
Quel charme de couler vos jours heureux ensemble,
 Et de vaincre ensemble la mort !
 Fière des baisers de Tibulle,
 Vivante du feu qui la brûle,
Délie en vers de flamme échappe au sombre bord.

ODE IV.

CONTRE LE LUXE.

Que vois-je ? est-ce Dodone et ses bois prophétiques
Ou ces monts orgueilleux qu'entassaient les Titans ?
Répondez, fiers sapins dont les cimes antiques
　　Flottaient sur le berceau des temps.

Mais quel nuage d'or lance une flamme pure,
Et sur vos noirs sommets roule avec majesté ?
De vos fronts ondoyans la vaste chevelure
　　Nage dans des flots de clarté.

O nature ! à mes yeux ta splendeur se révèle ;
Ivre d'un feu sacré, je t'entends, je te vois !
Toi, ma lyre, redis sa parole immortelle ;
　　Vous, mortels, écoutez sa voix !

« Ingrats ! qu'avez-vous fait de mes présens célestes ?
» Je créai vos aïeux libres et fortunés :
» Eh ! que vois-je partout ? les maux, les jougs funestes
　　» Où vous vous êtes condamnés.

» De ces vieilles forêts le silence vous crie :
» Soyez libres, fuyez ; brisez vos chaînes d'or ;

» Brisez ce fer jaloux dont l'avare furie
      » Défend ce coupable trésor.

» Je cachais donc en vain l'or au fond des abîmes
» Vous vous précipitez dans ces gouffres pervers
» Et des sources de l'or jaillissent tous les crimes
      » Dont vous inondez l'univers.

» Votre luxe orgueilleux insulte mes campagnes ;
» Il ose me bannir du sein de vos remparts :
» Mes rustiques palais, ces vallons, ces montagnes ,
      » Semblent trop vils à vos regards.

» Où prétendent voler ces forêts vagabondes ?
» La patrie à vos yeux est-elle sans appas ?
» Pourquoi fatiguez-vous les deux mers, les deux mondes ?
      » Le bonheur germait sous vos pas.

» Le Niger a vendu ses fils et son rivage
» A vos brigands d'Europe ! et, si nous les croyons,
» Flambeau sacré du jour, cet indigne esclavage
      » Est le crime de tes rayons !

» Ah ! que n'a-t-il des mers expiré la victime
» L'insensé qui tenta leurs gouffres menaçans !
» Et pur voir, sans pâlir, de l'orageux abîme ,
      » Bondir les monstres mugissans !

16

» Sans ravir aux Incas leurs richesses lointaines,
» Ici l'émail des fleurs, l'or des épis flottans,
» L'émeraude des prés, et l'argent des fontaines
    » Prodiguent mes dons éclatans.

» Et vous m'abandonnez à des amans serviles
» Qui semblent moins cueillir qu'arracher mes faveurs,
» Tandis que mon rival, ce luxe aimé des villes,
    » Obtient vos aveugles ferveurs !

» C'était, c'était jadis dans le sein des bocages
» Que la main des héros m'éleva des autels ;
» Mon culte généreux forma ces grands courages
    » Qu'on mit aux rangs des immortels.

» Les bois, les prés, les eaux, zéphire et ses murmures,
» Ces asiles secrets, au sage réservés,
» Ces trésors ingénus, ces délices si pures
    » Flattent peu les cœurs énervés.

» En irritant vos goûts, le luxe les émousse.
» Les richesses de l'art sont des besoins nouveaux ;
» Le bonheur vient s'asseoir sur des tapis de mousse :
    » Il est citoyen des hameaux.

» Il suit dans un vallon cette onde qui serpente
» Sous l'ombrage et le frais des saules verdoyans ;
» Il monte ces coteaux dont la fertile pente
    » S'enrichit de pampres rians.

» L'or, le feu des rubis, les triples diadêmes
» N'étincellent jamais sur le front du bonheur.
» S'il ne luit qu'à vos yeux, s'il n'est pas dans vous-mêmes,
    » C'est un fantôme suborneur.

» Pourquoi me fuyez-vous, race dénaturée ?
» Pourquoi vous échapper de mes bras maternels ?
» Mon sein vous prodiguait une vie épurée :
    » Mais l'art rend vos jours criminels.

» Vous avez des métaux corrompu l'innocence ;
» L'argent perd dans vos mains sa timide candeur ;
» L'or pur devient le prix d'une impure licence :
    » Son éclat séduit la pudeur.

» Sur des ailes de feu le plomb vole au carnage ;
» L'érain vomit la foudre au gré de vos fureurs ;
» Dans des fleuves de sang le fer s'abreuve et nage,
    » Ivre de vengeance et d'horreurs.

» O mortels ! c'est donc peu qu'un luxe sanguinaire
» Prête son faste horrible à la férocité !
» Un luxe plus doux change en cyprès funéraire
    » Le myrte de la volupté.

» Sous mille aspects rians sa fatale industrie
» Vous déguise la mort qu'on sert dans vos festins,

» Et ne semble à vos yeux multiplier la vie
 » Que pour abréger vos destins.

» Que dis-je ? il est funeste à la race future !
» O crime ! dans sa source il l'éteint sans remord ;
» Et d'un baiser stérile inventant l'imposture,
 » Il trompe la vie et la mort.

» Dépeuplant l'univers sans peupler le Tartare,
» Par l'infâme conseil d'un luxe fainéant,
» De la fécondité dissipateur avare,
 » L'hymen sacrifie au néant.

» Loin des abus pervers, nés d'un luxe profane,
» Dans le sein des hameaux j'épanche mes bienfaits ;
» Là , j'invite le sage , et son humble cabane
 » N'est point jalouse des palais.

» C'est là qu'il vient goûter mes présens salutaires ;
» Chaque aurore lui verse un jour pur et vermeil ;
» Et c'est pour lui qu'au sein des grottes solitaires
 » Je recèle le doux sommeil.

» De nombreux rejetons sa vieillesse entourée ,
» Semble fleurir encor dans ces jeunes rameaux :
» C'est l'orme paternel, tige auguste et sacrée
 » Que révère un peuple d'ormeaux. »

Heureux ! cent fois heureux, aux bords d'une onde pure,
Celui qui , rejetant un luxe empoisonneur ,
Sait cultiver en paix les biens de la nature
       Dans le silence du bonheur !

~~~~~~

ODE V.

Pour les sensibles cœurs, oh ! qu'il est de tourmens !
Que leur timide espoir a de trouble et d'alarmes !
Leur bonheur est plaintif : et des tendres amans
    Le sourire est mouillé de larmes !

De mon sein trop long-temps le calme fut banni ;
Trop long-temps de Vénus j'essuyai les orages :
L'amant d'Adélaïde et l'amant de Fanni
    Est pâle encor de ses naufrages.

Eh ! quand je fuis l'écueil des amoureuses mers,
Quel zéphir vient tenter ma barque trop crédule ?
Lucile ! .. Objet céleste ! ah ! c'est toi qui me perds !
    Délie embrasa moins Tibulle.

Délie eut moins de grâce, elle eut moins de beauté ;
Moins de ce charme heureux que prête la décence :
Toi seule as réuni toute la volupté
    De Vénus et de l'innocence.

Je te vis ! tu portais dans tes paisibles yeux
Des foudres de l'amour le trait inévitable !

e la timidité le charme impérieux
    Te rend encor plus redoutable.

e voulais te combattre, et ne sus qu'adorer !
tu règnes sur mon cœur; tu règnes sur ma lyre !
Tes pas cherchent tes pas; je ne puis respirer
    Que l'air que ta bouche respire.

Enchaîné près de toi par d'invisibles nœuds,
je me fais un bonheur des maux où je succombe;
Et je ne pourrais même échapper à tes feux
    Dans le sein glacé de la tombe !

ODE VI.

ALCÉE,

CONTRE LES JUGES DE LESBOS.

Mes tyrans ont repris les armes!
Leurs traits sont aiguisés; leurs piéges sont tendus;
   Mon espoir s'éteint dans mes larmes;
J'implore un ciel désert, et mes cris sont perdus.

   O lyre! ô compagne fidèle!
Toi qui seule réponds à mes tristes accens,
   Toi qui rends Lesbos immortelle,
Le crime a donc troublé nos concerts innocens!

   Hélas! en butte à l'imposture,
Poursuivis d'une lâche et perfide Thémis,
   Pouvions-nous chanter la nature
Sous le glaive insolent de ses fiers ennemis?

   Eh! quelle digue secourable
Pourrait nous dérober à leurs flots dévorans?
   La tombe est un port favorable;
Et c'est là que du moins on échappe aux tyrans!

Pour l'innocence qu'on outrage,
n'est plus d'autre asile, il n'est plus de vengeurs :
Il faut succomber à l'orage ;
dieu, ma lyre !... adieu ! je t'embrasse et je meurs.

Que dis-je ? mourir sans vengeance !
Mourir sans repousser un complot odieux !
Mourir dans un lâche silence,
ans prouver aux mortels qu'il est encor des dieux !

Il en est ! et d'un feu sublime
ie sens que leur présence embrase ma vertu ;
Il en est ! et malheur au crime
Dont l'orgueil insulta mon génie abattu !

O lyre ! renais pour la gloire !
Fais payer aux tyrans nos soupirs dédaignés ;
Arme le temps et la mémoire ;
Arme à jamais contre eux les siècles indignés.

Viens, de courroux étincelante !
Tonne sur des pervers ; lance tes sons vengeurs ;
Remplis-les de cette épouvante
Dont Ulysse frappa d'insolens ravisseurs.

Deviens pour eux l'arc redoutable
Qui fit voler la mort au sein d'Antinoüs ;

Deviens la flèche inévitable
Dont Alcide perça l'infidèle Nessus.

Vil juge ! horreur de Mitylène !
Toi qui mettais ma perte au rang de tes exploits,
C'est trop, de ton impure haleine,
Souiller le temple auguste où respirent nos lois !

De ta puissance illégitime
Tu flattais, je le sais, mes vils persécuteurs :
Tu pensais que, faible victime,
J'adorerais encor tes oracles menteurs.

De tes lâchetés insolentes
Sous le dais de Thémis je saurai te punir ;
Tremble ! de mes flèches brûlantes
Je veux te percer même au sein de l'avenir.

Me fuirais-tu dans la nuit sombre,
J'y descends : d'Érynnis j'allume le flambeau ;
Et des supplices de ton ombre
Je veux épouvanter ton horrible tombeau.

Viens, viens, dirai-je à l'Euménide,
Préparer tes serpens, et tes feux, et tes traits :
Le voilà, ce juge perfide
Qui souilla les vertus et blanchit les forfaits.

Dieu des enfers! juge équitable!
voilà, de Thémis cet organe odieux,
   Qui vendit à l'or du coupable
droits de l'innocence et la faveur des dieux!

Frappe!... Qu'entends-je?... une ombre chère,
voilant à mes yeux, l'accuse par ses cris!
   Elle avait cessé d'être mère!
rdonne, dieu des morts, je suis encor son fils.

Si près de la tombe!... Ah! cruelle!
oulais-tu m'arracher une épouse et le jour?
   Sœur barbare?... Épouse infidèle!...
os cœurs ont pu trahir la nature et l'amour!

Pardonne, dieu vengeur! pardonne!
es nœuds qu'ils ont rompus me sont toujours sacrés;
   Et ma fureur ne t'abandonne
ue l'appui criminel de ces cœurs égarés.

Épuise, épuise ta vengeance
ur le chef odieux des tyrans de nos lois;
   Il sut tout! mais de l'innocence
rejeta les pleurs, il étouffa la voix.

Je l'ai vu, cherchant des complices
ans les membres pervers du sénat de Lesbos,

Armer ses noires injustices
De suffrages vendus à ses lâches complots.

Je l'ai vu de sa bouche impure
Vomir l'infâme arrêt d'un divorce effronté,
Et commander que le parjure
Me flétrît d'un serment que l'or avait dicté.

Je l'ai vu bravant mes alarmes,
D'un sourire adultère outrager mes douleurs.
Venge l'hymen! venge mes larmes!
Venge les droits sacrés d'un enfant des neuf sœurs!

Tu m'entends! ton sceptre terrible
A ces récits affreux tressaille dans tes mains,
Et tu vas, d'un supplice horrible,
Effrayer ces brigands qui jugent les humains.

Moi! dans l'ivresse de ma lyre,
Je t'offrirai des chants si flatteurs et si doux,
Que de l'éclat du sombre empire
Je veux rendre les cieux étonnés et jaloux.

Tel chantait le sublime Alcée,
Qu'avaient trahi l'amour, la fortune et Thémis,
Et de sa lyre courroucée
La menace imposait aux destins ennemis.

ODE VII.

A LUCILE.

Que l'heure fuit d'un vol agile,
Ardente à me ravir l'instant où je te voi!
Mais son aile est presque immobile
Lorsqu'elle traîne un jour consumé loin de toi.

Ah! celui qui de ta présence
Ne connaît point le charme et les ravissemens,
Jamais d'une fatale absence
Ne peut sentir l'horreur, ni peindre les tourmens.

Qu'alors une âme est solitaire!
Que la vie est un poids funeste et douloureux!
Privé de l'astre qui m'éclaire,
Le ciel à mes regards prodigue en vain ses feux.

D'une sombre mélancolie
Je goûte, en soupirant, l'amère volupté.
Non, Lucile! non, ma Délie!
Non, je ne saurais vivre absent de ta beauté.

Au moins si je pouvais descendre,
Couvert de tes baisers, dans la nuit du tombeau !
Si tes pleurs arrosaient ma cendre !...
Mais pourquoi de mes jours éteindre le flambeau ?

D'une absence, hélas ! trop funeste,
Tu sais qu'un doux écrit pourrait me consoler.
L'art d'écrire est un don céleste ;
Vénus même aux amans daigna le révéler.

C'est par lui que la jeune amante
Trace en lignes de feu son trouble et ses désirs :
Elle épanche une âme brûlante,
Et confie au papier ses timides soupirs.

Quel charme quand sa main furtive
Recèle un doux billet dans son sein palpitant !
Ou quand son adresse naïve
Le glisse à la faveur de son voile flottant !

Qu'il est heureux ! que je l'envie,
Celui qui, retiré loin des profanes yeux,
Peut, l'œil ému, l'âme ravie,
Lire et baiser cent fois ces traits mystérieux !

Et quand un long jour nous sépare,
Jour qu'une longue nuit va suivre avec lenteur,

Tu pourrais , amante barbare ,
Refuser à mes feux un mot consolateur !

Reprends donc tes regards de flamme !
Ordonne que j'expire en cessant de te voir,
Si ton âme , outrageant mon âme ,
Veut lui ravir toujours cet innocent espoir.

ODE VIII.

A LUCILE.

PENDANT UN ACCÈS DE FIÈVRE.

Le vautour aux serres cruelles
Fond moins rapidement sur un cygne amoureux,
Que la fièvre aux brûlantes ailes
Ne vole sur ma tête en me dardant ses feux.

Ivre d'un sang qu'elle dévore,
Elle glace en mon cœur et la vie et l'amour.
O Lucile! en vain je t'implore;
Lucile! tu craindrais de me sauver le jour!

Tu me dérobes ta présence:
L'excès du sentiment m'a rendu criminel.
Hélas! je meurs de ton absence;
J'ai lu dans tes regards mon exil éternel.

Tes rigueurs ont armé la Parque;
Elle punit mes feux en me soufflant les siens.
Je vais passer la noire barque,
Et rejoindre Tibulle aux Champs-Élysiens.

Épargne, épargne, ô Rhadamanthe !
D'un fils des chastes sœurs les mânes innocens.
Épris d'une fatale amante,
Il exhala son âme ainsi qu'un pur encens.

Loin des gouffres du noir Tartare,
Vénus guide mon ombre au séjour de la paix.
De la Danaïde barbare
J'aurais vu le supplice expier ses forfaits.

De l'insensible Alcimadure
J'eusse entendu gémir les tardives douleurs :
Témoin des peines qu'elle endure,
Je me fusse écrié : Les dieux vengent nos pleurs !

Mais de la plaine fortunée
Ne sens-je point déjà les parfums, les zéphirs ?
Là, d'amarantes couronnée,
Sapho remplit les airs d'harmonieux soupirs.

Là, sous mille berceaux de rose,
Les poètes amans rêvent la volupté ;
Là, sous des myrtes qu'il arrose.
Coule à longs flots d'argent le paresseux Léthé.

De Phébé qui me fut si chere,
Là brille, au lieu du jour, l'innocente splendeur ;

17.

Son flambeau, né pour le mystère,
Y prête au baiser même une sainte pudeur.

Là, ma lyre fidèle et tendre
Chantera la beauté qui me donne la mort !
Tibulle daignera m'entendre,
Et sa Délie au moins plaindra mon triste sort.

ODE IX.

LES ROIS.

Si l'homme dut avoir un maître,
Le seul qui fut digne de l'être,
Le seul qui mérita de seconder les dieux,
C'est un sage roi de lui-même,
Et qui de tout l'éclat dont il brille à nos yeux
N'emprunte rien au diadème.

Mais ce mortel sublime et juste,
Ce monarque vraiment auguste,
Refusa d'un vain rang le dangereux honnneur;
Et sa gloire serait flétrie,
S'il eût pu consentir au funeste bonheur
De commander à sa patrie.

Ainsi la force aux mains sanglantes,
L'orgueil aux brigues insolentes,
Conquérans de la terre, en devinrent les rois :
Ainsi leur race criminelle,
A son trône de fer sut enchaîner des lois
Qui n'auraient tonné que sur elle.

De là ces publiques furies,
Ces prodiges de barbaries,

Néron, Caligula, ces monstres couronnés,
    Dont la rage, en crimes féconde,
Pour frapper d'un seul coup les peuples consternés,
    N'eût voulu qu'une tête au monde.

    Possesseur aveugle et bizarre
    Du champ public dont il s'empare,
Au lieu de cultiver, le despote détruit :
    C'est le Canadien sauvage,
Il coupe l'arbre au pied pour en cueillir le fruit :
    Sa jouissance est le ravage.

    Mais, si l'encensoir fanatique
    Joint à la hache despotique,
Jure de l'univers l'esclavage éternel,
    C'est alors que la race humaine,
Sous le poids écrasant du trône et de l'autel,
    Rampe et meurt en baisant sa chaîne.

    Tel on voit l'animal utile,
    Qui, traçant un sillon fertile,
Engraisse à ses dépens son maître et son bourreau,
    Sous le joug il use sa vie ;
Et pour fruit de sa peine il meurt sous un couteau,
    Et de la main qu'il a nourrie.

    O toi que la pourpre environne,
    Ne vante point l'éclat du trône,
Si tu le dois au sang d'aïeux usurpateurs.
    Mais si par un libre suffrage

es peuples l'ont donné, ces peuples bienfaiteurs
    Devaient-ils craindre leur ouvrage?

    Rois, déposez votre tonnerre :
    Implorez l'amour de la terre,
Renversez, détruisez ces tours, ces noirs remparts,
    Complices de la tyrannie ;
Que de la liberté, sur leurs restes épars,
    S'élève et plane le génie.

    Pourquoi cette guerrière élite?
    Pourquoi le fer du satellite
Qui place la terreur entre le peuple et vous?
    Ah ! vos craintes sont une offense :
Entourez-vous de cœurs, monarques, aimez-nous,
    L'amour sera votre défense.

    Voulez-vous mériter l'empire?
    De l'humanité qui soupire
Calmez, séchez les pleurs, craignez de perdre un jour.
    Condamnés à l'orgueil du trône,
A force de vertus, et de soins et d'amour,
    Rois, expiez votre couronne.

    Malheur au roc inaccessible
    Dont la cime aride et terrible,
De sa hauteur stérile épouvante les yeux !
    Gloire à ces montagnes fécondes
Qui semblent n'élever leur tête dans les cieux
    Que pour mieux prodiguer leurs ondes !

Loin des oreilles souveraines,
O vous, dangereuses sirènes,
Vous qui les chatouillez de sons adulateurs;
Et toi, vérité noble et sainte,
Perce à travers la foule et l'encens des flatteurs;
Parle sans détour et sans crainte.

Qu'à ta voix frissonne et pâlisse
Ce lâche et perfide Narcisse,
Des passions du maître esclave sans pudeur,
Qui de la couronne éclipsée
Emprunte effrontément une vile splendeur,
Prix infâme du caducée.

Brise les cachets tyranniques
De ces oppresseurs politiques,
Du pâle citoyen nocturnes ennemis!
Si leur vengeance est légitime,
Qu'à la sainte clarté du flambeau de Thémis
Elle ose frapper sa victime!

Qu'à son tour soit jugé lui-même
Ce juge affreux qui te blasphème,
Et souilla trop long-temps la pureté des lois!
Que la justice réparée
Soit du bonheur public et du trône et des rois
La base éternelle et sacrée!

Éteins les guerres homicides;
Que le souffle des Euménides

fasse plus rugir les bronzes enflammés !
 Ferme ces bouches effrayantes
i lançaient le courroux des souverains armés,
 Et leurs réponses foudroyantes !

 Il est de ces vainqueurs sauvages
 Dont le char traîne les ravages,
is dévorant leur peuple au milieu des combats;
 Mais il en est dont la faiblesse
sse à pas indolens descendre leurs états
 Dans les tombeaux de la mollesse.

 Au sein des nymphes d'Amathonte
 Voyez-les endormis sans honte,
trifier leur gloire aux lâches voluptés,
 Et d'amour esclaves suprêmes,
r le front insolent des plus viles beautés
 Humilier leurs diadèmes.

 Le trône n'a pu les absoudre ,
 Ils avaient usurpé la foudre,
de l'encens des dieux enivré leur orgueil :
 Mais frappés d'une mort impure,
vont au lieu funèbre où le ver du cercueil
 Attend sa royale pâture.

 O rois ! vos passions sinistres
 Ont en vain de lâches ministres :
os crimes, sous le dais, en vain sont adorés :
 Craignez les dieux, craignez ma lyre ;

Craignez l'affreux remords : sous vos lambris dorés,
  Il vous atteint et vous déchire.

  Autant l'univers les abhorre,
  Autant cet univers adore
Marc-Aurèle, Trajan, Louis douze et Titus,
  Et ce Henri de qui la gloire
Fit monter sur un trône entouré de vertus
  La bienfaisance et la victoire.

  Bon roi ! monarque vraiment père !
  Sur la France qui te fut chère,
Jette du haut des cieux un regard satisfait ;
  Vois Louis calmer les tempêtes !
Vois la fière Albion subir enfin la paix,
  Et nos lis relever la tête.

  Ah ! parmi les règnes tragiques,
  Les jours sanglans et léthargiques
Qui firent des humains l'opprobre et les malheurs,
  S'il naît de ces âmes divines,
S'il suit un règne heureux, en essuyant ses pleurs,
  Cybèle sort de ses ruines.

  Ainsi, quand d'horribles nuages,
  Sur les mers soufflent les naufrages,
Et lancent sur nos bords les vents, l'onde et les feux
  Parmi les éclats du tonnerre,
Si quelque doux rayon fend l'Olympe orageux,
  Il console un moment la terre.

Tyrans! les nations sommeillent.
Ah! si jamais ils se réveillent,
Ces peuples souverains détrônés par les rois!
Si les abus de la puissance
Rendaient à l'homme enfin le premier de ses droits,
La douce et fière indépendance!

Oh! qu'alors ma lyre superbe,
Rivale des chants de Malherbe,
Aimerait à conter nos maux évanouis!
Horace a vu les fers du Tibre:
Moi je verrais la Seine, amante de Louis,
Rouler une onde toujours libre.

ODE X.

SUR LE VAISSEAU LE VENGEUR.

Au sommet glacé du Rhodope,
Qu'il soumit tant de fois à ses accords touchans,
Par de timides sons, le fils de Calliope
    Ne préludait point à ses chants.

Plein d'une audace pindarique,
Il faut que, des hauteurs du sublime Hélicon,
Le premier trait que lance un poète lyrique
    Soit une flèche d'Apollon.

L'Etna, géant incendiaire,
Qui, d'un front embrasé, fend la voûte des airs,
Dédaigne ces volcans dont la froide colère
    S'épuise en stériles éclairs.

A peine sa fureur commence,
C'est un vaste incendie et des fleuves brûlans.
Qu'il est beau de courroux, lorsque sa bouche immense
    Vomit leurs flots étincelans !

Tel éclate un libre génie,
Quand il lance aux tyrans les foudres de sa voix :
Telle à flots indomptés sa brûlante harmonie
    Entraîne les sceptres des rois.

    Toi, que je chante et que j'adore,
Dirige, ô Liberté ! mon vaisseau dans son cours.
Moins de vents orageux tourmentent le Bosphore
    Que la mer terrible où je cours.

    Argo, la nef à voix humaine,
Qui mérita l'Olympe et luit au front des cieux,
Quel que fût le succès de sa course lointaine,
    Prit un vol moins audacieux.

    Vainqueur d'Éole et des Pléiades,
Je sens d'un souffle heureux mon navire emporté ;
Il échappe aux écueils des trompeuses Cyclades,
    Et vogue à l'immortalité.

    Mais des flots fût-il la victime,
Ainsi que le Vengeur il est beau de périr :
Il est beau, quand le sort vous plonge dans l'abîme,
    De paraître le conquérir.

    Trahi par le sort infidèle,
Comme un lion pressé de nombreux léopards,
Seul, au milieu de tous, sa fureur étincelle ;
    Il les combat de toutes parts.

L'airain lui déclare la guerre;
Le fer, l'onde, la flamme entourent ses héros.
Sans doute ils triomphaient! mais leur dernier tonnerre
        Vient de s'éteindre dans les flots.

        Captifs !.... la vie est un outrage :
Ils préfèrent le gouffre à ce bienfait honteux.
L'Anglais, en frémissant, admire leur courage ;
        Albion pâlit devant eux.

        Plus fiers d'une mort infaillible ,
Sans peur, sans désespoir, calmes dans leurs combats;
De ces républicains l'âme n'est plus sensible
        Qu'à l'ivresse d'un beau trépas.

        Près de se voir réduits en poudre,
Ils défendent leurs bords enflammés et sanglans.
Voyez-les défier et la vague et la foudre
        Sous des mâts rompus et brûlans.

        Voyez ce drapeau tricolore
Qu'élève en périssant leur courage indompté :
Sous le flot qui les couvre entendez-vous encore
        Ce cri : Vive la liberté !

        Ce cri !... c'est en vain qu'il expire,
Étouffé par la mort et par les flots jaloux,
Sans cesse il revivra répété par ma lyre.
        Vils despotes, frémissez tous.

Et vous! héros de Salamine,
Dont Thétis vante encor les exploits glorieux,
Non! vous n'égalez point cette auguste ruine,
　　Ce naufrage victorieux!

ODE XI.

1792.

C'est depuis long-temps que ma lyre,
Amante de l'égalité,
Préludait à la liberté,
Dans son prophétique délire.
Ces jours prédits à nos neveux
Devancent et comblent nos vœux ;
Ma lyre n'est point mensongère :
Le souverain reprend ses droits
Et leur couronne passagère
Expire sur le front des rois.

Aux rois, aux peuples, à la terre
Nous avions tous juré la paix.
Les rois s'arment : ah ! désormais
Qu'ils tremblent, nous jurons la guerre.
Soldats, esclaves des tyrans,
Vous tomberez, lâches brigands,
Sous nos armes républicaines :
Plus grands que ces Romains si fiers
Qui donnaient au monde des chaînes,
Peuples ! nous briserons vos fers !

C'est en vain que le Nord enfante
Et vomit d'affreux bataillons :

Leur corps est promis aux sillons
De notre France triomphante.
Deux sœurs, immortelles cités,
Thionville, aux murs indomptés,
Brave et repousse leur furie :
Lille ! tes débris glorieux,
De leur atroce barbarie
Sont fumans et victorieux.

Des Beaurepaires, des Désilles
La mort a prédit nos succès.
Venez, phalanges de Xercès,
Et nous aurons nos Thermopyles !
Plus heureux que Léonidas,
Le chef de nos braves soldats,
Avec l'Olympe auxiliaire,
Les chassera loin de nos murs,
Comme l'astre qui nous éclaire
Chasse des nuages impurs.

Pareils aux flots de ces ravines
Dont le bruit sème la terreur,
Ils s'avançaient, et leur fureur
Méditait de vastes ruines.
Leurs vœux se disputaient nos biens ;
Du meurtre de nos citoyens
Ils ensanglantaient leurs pensées ;
Ils ont paru ! mais ils ont fui ;
Comme les feuilles dispersées
Qu'Éole souffle devant lui.

Oui, le ciel jura leur défaite.
Le ciel arme les élémens.
Voyez sur les ailes des vents
La mort qui poursuit leur retraite.
En vain couverts d'un triple acier,
Tombent en foule, homme, coursier;
Ils mordent nos plaines sanglantes,
Triste pâture des vautours,
Non loin des villes opulentes
Dont leur espoir brisait les tours.

O Renommée! à ces nouvelles,
A ces prodiges que tu vois,
Prête l'éclat de tes cent voix;
Ranime tes rapides ailes!
Va, par un fidèle rapport,
Glacer le despote du Nord;
Conte au Danube, au Boristhène
Que, vengeur de sa liberté,
Le Français, de Sparte et d'Athène
Surpasse l'antique fierté.

Des Alpes jusqu'aux Pyrénées,
Partout, sous les drapeaux flottans
Courent nos jeunes combattans,
Ces âmes, de gloire effrénées.
L'Allobroge, amant de nos lois,
Ouvre tous ses murs à la fois:
Le Var nous a soumis ses ondes;
Et le Rhin, cachant sa terreur,

Frémit, sous ses grottes profondes,
De son impuissante fureur.

La Seine, qui vit son rivage
Chargé de monarques épars,
Y promène enfin des regards
Libres de rois et d'esclavage.
Belle nymphe, honneur de Paris,
Au sein de Neptune surpris,
Roule ton onde souveraine,
Et que tous les fleuves divers
Te reconnaissent pour leur reine,
Dans le palais du dieu des mers.

Quoi! ressuscité par la honte,
Le reste de ces légions
Va chercher d'autres régions,
Où déjà leur Mars nous affronte!
Pour tenter un nouveau hazard,
Armés de tout ce que peut l'art
Dont jadis Vauban fut le maître,
Les voilà fiers et menaçans.
Français! la valeur doit renaître
Avec les périls renaissans.

Non, non, rien n'est inaccessible
A qui prétend vaincre ou périr.
Ce cri: *Vivre libre ou mourir!*
Est le serment d'être invincible.

En vain cent tonnerres croisés,
Grondant sur ces monts embrasés,
Opposent trois remparts de flamme;
Parmi ces orages brûlans,
Chefs, soldats, prodiguez votre âme;
Triomphez sur des corps sanglans.

Ils l'ont fait. Le lion belgique
A vu fuir l'aigle des Germains;
Il rugit, charmé que nos mains
Aient rompu son joug tyrannique :
L'ombre de nos seuls étendards
Fait tomber les tours, les remparts;
Bruxelles voit briser ses portes ;
Et le souffle de nos guerriers
Précipite au loin ces cohortes
Qui menacèrent nos foyers.

Mais vous, généreuses victimes,
Qui repoussâtes leur effort,
Vous ne perdez point votre mort !
Vos exploits furent légitimes :
Vos tombeaux sont parés de fleurs;
Un encens qu'arrosent nos pleurs
Vous suit jusqu'aux voûtes célestes;
Et Mars, dont le rapide char
Vous enlève aux Parques funestes,
Vous fait partager le nectar.

Ouvre tes portes immortelles,
Panthéon ! reçois ces héros :

Que sur le marbre de Paros
Y revivent leurs traits fidèles !
Que les chantres et les guerriers
Y ceignent les mêmes lauriers !
Et toi dont je fus l'interprète,
Déesse aux accens belliqueux,
Liberté ! fais que ton poète
Y repose un jour avec eux !

ODES.

LIVRE SIXIÈME.

ODE I.

LES TOASTS DE L'OLYMPE.

Un soir que, réunis dans leur palais d'azur,
Les dieux, la coupe en main, savouraient l'allégresse,
Et que la jeune Hébé, du nectar le plus pur,
    Leur versait la riante ivresse;

Je bois, disait Vénus, à l'indomptable Mars;
Je bois, disait Junon, au maître du tonnerre;
Et moi, disait Cybèle en jetant ses regards
    Sur les maux dont gémit la terre,

Je bois au favori de la sage Pallas,
Au héros qui du Nil soumit l'urne féconde,
Au rapide vainqueur des Alpes, de Mélas,
    Au pacificateur du monde.

Et moi, disait Neptune, au généreux lion,
Effroi des léopards, dont la rage conspire

Contre l'heureuse paix que l'atroce Albion
    Ose exiler de mon empire.

Oui, buvons, dit Pallas, à ce jeune guerrier.
C'est Ulysse au conseil ; au combat c'est Achille.
Il a conquis la paix, et son vaste laurier
    En sera l'éternel asile.

Jupiter joint sa coupe à la coupe des dieux ;
La douce paix obtint son auguste sourire ;
Et Phébus confia l'allégresse des cieux
    Aux divins accords de sa lyre.

ODE II.

MES SOUVENIRS,

OU LES DEUX RIVES DE LA SEINE *.

Qu'un autre, d'une âme insensée,
Se vieillisse en plongeant ses yeux dans l'avenir !
   Moi, je rajeunis ma pensée
   Par les charmes du souvenir.

   Dans l'asile de ma vieillesse,
Un sort heureux présente à mes regards contens
   L'aspect des lieux où ma jeunesse
   Vit éclore ses doux printemps.

   Paisible nymphe de la Seine,
Que ton onde me plaît, que tes bords me sont chers !
   Ton onde est pour moi l'Hippocrène,
   Et tes bords me sont l'univers.

   Tu sembles de mes destinées
Réunir à la fois et partager le cours :

* Au sujet d'un logement que le gouvernement venait **de m'accorder** sur la rive droite de la Seine (au Louvre).

Là coulaient mes jeunes années ;
Ici coulent mes derniers jours.

Que mon œil aime à reconnaître
La rive où se cachait mon timide berceau !
Mon âme, qui semble y renaître,
De plus loin brave le tombeau.

Ranimés par d'heureux prestiges,
D'un palais abattu les marbres, les jardins *,
Se relèvent fiers des vestiges
Qu'ont laissés mes pas enfantins.

Les voilà ces jeunes dryades
Qui jadis m'ombrageaient de leurs rameaux épars !
Ce jet lancé par les naïades
Rafraîchit encor mes regards.

Parmi des fleurs toujours écloses,
Errant dans les détours de ces dédales verts,
Mon souvenir cueille des roses,
Et peuple ces bosquets déserts.

Que l'aurore m'y paraît belle !
Un nouveau jour me luit, plus riant et plus pur.

---

* L'hôtel de Conti, où l'auteur est né. Cet hôtel est devenu depuis l'hôtel de la Monnaie.

Et tout l'or dont il étincelle
M'enrichit le céleste azur.

J'y vais épier le phosphore
De l'astre des buissons dans leur sein dérobé,
Je m'y plais à nourrir encore
L'amant des feuilles de Thisbé.

Je te revois, treille chérie,
Berceau mystérieux dans les airs suspendu,
Où par la naïve Égérie
Mon premier baiser fut rendu !

Voisin des lieux de ma naissance,
Gymnase au vaste dôme *, après soixante hivers
Tes murs racontent mon enfance
A mes yeux dès qu'ils sont ouverts.

De ton airain la voix fidèle
Frappe des mêmes sons mon oreille et les airs ;
Douze lustres comptés par elle
Rendent mes souvenirs plus chers.

Là, fuyant l'oisive paresse,
Le travail vint m'apprendre à goûter le plaisir,

* Collége des Quatre-Nations, où l'auteur a fait ses études.

19.

Et des jeux la riante ivresse
Égayait mon heureux loisir.

Là, dans sa vitesse immobile,
Le buis semblait dormir, agité par mon bras ;
Là, je triplais le cercle agile
Du chanvre envolé sous mes pas.

Là, frêle émule de Dédale,
Un liége, sous mes coups, se plut à voltiger ;
Là, dans une course rivale,
J'étais Achille au pied léger.

Là, j'élevais jusqu'à la nue
Ce long fantôme ailé qu'un fil dirige encor
A travers la route inconnue
Qu'Éole ouvre à son vague essor.

Là, ces colonnes, ces portiques
M'ont vu, la fronde en main, Baléare nouveau,
Au-dessus de leurs fronts antiques,
Atteindre le rapide oiseau.

Là, souvent une jeune audace,
Quand l'instinct belliqueux vint enflammer nos sens,
Préludait aux jeux de la Thrace
Par mille combats innocens.

Là, ma jeunesse indépendante
Puisa tes premiers feux, céleste liberté!
   Rome, Athène, à mon âme ardente,
   Prêtaient leurs arts et leur fierté.

   Qu'aux premiers accens de la gloire
Il palpita, ce cœur, impatient du prix!
   Comme des nymphes de Mémoire
   Il devint pour jamais épris!

   Ceint de triomphantes guirlandes,
Je crus franchir le Pinde et ses bords immortels;
   De mes poétiques offrandes,
   Muses, je parai vos autels.

   Mon laurier conquit une amante;
Vainqueur, mon jeune front plut aux yeux de Myrté:
   Oh! combien la gloire est charmante
   Quand elle enflamme la beauté!

   Ce premier sentiment de l'âme
Laisse un long souvenir que rien ne peut user;
   Et c'est dans la première flamme
   Qu'est tout le nectar du baiser.

   Age aimant, âge d'innocence,
Age où le cœur jamais n'a de replis obscurs;

Ta pudeur feint peu la décence ;
Tes goûts sont vrais ; tes feux sont purs !

Ainsi, quand la vieillesse arrive,
Du long fleuve des ans je remonte le cours ;
Et je retrouve sur la rive
L'âge des jeux et des amours.

~~~~~~

ODE III.

CHANT D'UN PHILANTHROPE,

PENDANT LES HORREURS DE L'ANARCHIE.

Prends les ailes de la colombe,
ends, disais-je à mon âme, et fuis dans les déserts ;
   Ou que l'asile de la tombe
   Nous sépare enfin des pervers !

Une rose, vierge de Flore,
n lis, beau d'innocence et brillant de candeur,
   Des vents du sud qui les dévore
   Aiment-ils l'insolente ardeur ?

Eh ! que ferait l'agneau paisible
irmi des loups cruels, des tigres dévorans ?
   Quel bras, quelle égide invisible
   Peut nous défendre des tyrans ?

De ces cœurs soupçonneux, avares,
iedoutons les fureurs et même les bienfaits.
   S'ils voulaient nous rendre barbares,
   Nous associer aux forfaits ;

Si de la noble indépendance,
An lieu de la venger, ils outrageaient les droits;
Si la bassesse et l'impudence
Succédaient à l'orgueil des rois;

Élevés par la ruse oblique,
S'ils montaient aux honneurs, et sous leur joug d'airain
S'ils osaient de la république
Abaisser le front souverain;

S'ils ensanglantaient notre histoire
De meurtres clandestins, sans péril, sans combats,
Et qui font rougir la victoire,
Amante de nos fiers soldats;

Si de la liste de leurs crimes
Ils effrayaient nos murs et souillaient nos regards;
S'ils traînaient parmi leurs victimes
La vertu, l'honneur et les arts,

S'ils mettaient un lâche courage
A détruire en nos cœurs la sainte humanité;
S'ils joignaient dans leur folle rage
La mort et la fraternité;

Si leur cupidité féroce
S'enrichissait de pleurs, changeait le sang en or,
Et souriait d'un œil atroce
A cet exécrable trésor;

Si d'uu Dieu niant l'existence,
r délire élevait un temple à la raison ;
   S'ils forçaient même l'innocence
   A boire leur affreux poison ;

   Douce pitié, si tes alarmes
rendaient criminelle à leurs coupables yeux,
   S'ils venaient épier tes larmes,
   Tes regards tournés vers les cieux ;

   Prends les ailes de la colombe,
non âme ! fuyons, fuyons dans les déserts,
   Ou que l'asile de la tombe.....
   Qnoi ! nous céderions aux pervers !

   Non, non ; c'est trahir la patrie !
ryez-la pour jamais, jour de sang et de pleurs !
   Que sa gloire, long-temps flétrie,
   Appelle et trouve des vengeurs !

ODE IV.

UNE VIEILLE COQUETTE A SON MIROIR.

O toi qui vis mes premiers charmes
Accrus et ravis par le temps,
Miroir, je t'arrose de larmes
Qui regrettent mes doux printemps !

Cent fois contre l'amour volage
Tu me prêtas d'heureux secours ;
Mais on ne peut tromper son âge
Comme l'on trompe les amours.

Tu vois l'âge en argent funeste !
Changer l'or de mes blonds cheveux,
Et sillonner ce front céleste,
Jadis l'objet de tant de vœux.

Tu le vois, d'une main barbare,
Courber ces membres délicats :
Ma voix tremble ; mon pied s'égare ;
L'enfant qui vole fuit mes pas.

Ces yeux qui défiaient l'aurore
Se couvrent d'un voile jaloux ;
Ces lèvres où respirait Flore
Ont perdu leur parfum si doux.

Ils ne sont plus, ces jours d'ivresse
De triomphe et de volupté,

Où tes conseils et mon adresse
Enchaînaient tout à ma beauté.

Alors je t'ornais de guirlandes,
Tribut de mille cœurs soumis.
Plus de vœux, d'encens ni d'offrandes !
Mes amans sont à peine amis.

Miroir qui me rendais si vaine,
Doux présent que me fit Vénus,
Hélas ! tu reconnais à peine
Ces traits qu'amour a tant connus !

T'offrir ce que l'âge me laisse,
C'est tous les deux nous outrager ;
Et je te rends à la déesse,
Dont les traits ne peuvent changer.

MÊME SUJET.

Confident que j'aimais à croire
Quand mes yeux obtinrent le prix,
De la beauté qui fit ma gloire
N'ai-je plus que les vains débris ?

O que ta glace m'épouvante,
Cruel miroir ! fuis loin de moi.
Hélas ! cette beauté qu'on vante
Est aussi fragile que toi !

De l'irréparable dommage
Dont tu m'offres l'aspect fatal,
Que ne puis-je effacer l'image
En brisant ton frêle cristal !

~~~~~~

ODE V.

A CHLOÉ,

QUI VOULAIT TRADUIRE EN VERS FRANÇAIS QUELQUES
MORCEAUX DE L'ILIADE.

La nature et Vénus te firent tourterelle ;
Chloé, suis la nature, et Vénus, et ses lois ;
Sois colombe, sois tendre, et soupire comme elle,
A d'héroïques chants n'élève point ta voix.

Que ferais-tu d'Achille effrayant le Scamandre ?
L'amour ne veut chanter que d'aimables héros :
Le cygne qui folâtre aux rives du Méandre,
Des orageuses mers ne tente point les flots.

A l'aigle de Milton la colombe timide
Voulut associer son vol et ses destins :
Du Bocage tomba d'une chute rapide,
Et l'épique laurier s'est flétri dans ses mains.

Vainement Deshoulière essaya le cothurne :
Où s'élevait Corneille, une femme a rampé.
La muse de l'idylle, en pleurant sur son urne,
Plaint encore un espoir honteusement trompé.

Voulez-vous, sexe aimable, éviter ces disgrâces ?
Ne chantez que l'amour : ses jeux vous sont connus :
Mars ne doit point toucher la guitare des Grâces ;
La trompette sied mal dans la main de Vénus.

ODE VI.

MES CONSOLATIONS.

Anacréon sut plaire aux belles,
Malgré ses quatre-vingts hivers ;
Et les Grâces, toujours fidèles,
Le couronnaient de myrtes verts.

Pindare, en cygne d'Aonie,
D'un siècle traversant le cours,
Plus cher encore à Polymnie,
Chantait la gloire et les amours.

Sophocle, à son vingtième lustre,
De Melpomène eut les faveurs.
J'aime à voir leur vieillesse illustre
Cueillir des lauriers et des fleurs.

Ma lyre aussi n'est point muette :
Le Pinde a répété mes vers.
Liberté ! je fus ton poète ;
Amour ! je célébrai tes fers.

Mes jeunes pas suivaient les traces
Des dieux de Gnide et de Claros.

Je puis encor chanter les Grâces,
Et je chante encor les héros.

Là, je soupire avec Tibulle;
Là, Tirthée enflamme ma voix;
Ici, je lance avec Catulle
Les traits malins de son carquois.

Si, dans mes yeux, moins diaphanes,
Le jour ne brille qu'à moitié,
Heureux, je vois moins de profanes:
J'en suis plus cher à l'amitié.

Les Grâces, d'une main charmante,
Daignent souvent guider mes pas:
Je crois retrouver une amante
Quand leur bras s'enlace à mon bras.

Eh! puis-je encor la méconnaître?
Mon cœur palpite à ses accens.
Nouveau Titon, je vais renaître;
Une autre Aurore a mon encens.

ODE VII.

CHANT DITHYRAMBIQUE,

SUR L'ARRIVÉE TRIOMPHALE DES MONUMENS D'ITALIE.

Numerisque fertur
Lege solutis.

Réveille-toi, lyre d'Orphée !
Enfante de nouveaux concerts !
Jamais, aux rives de l'Alphée,
Pindare ne chanta des triomphes plus chers ;
Jamais plus superbe trophée
N'appela sur nos bords les yeux de l'univers.

France heureuse, quelle est ta gloire !
Tu vois les chefs-d'œuvre des arts,
Conquis des mains de la victoire,
Embellir tes nobles remparts.

Dans sa course immense et féconde,
Le soleil même est fier de son auguste aspect :
C'est de toi que sortit la liberté du monde,
Et le monde vengé t'admire avec respect.

De ton char immortel préside à cette fête ;
Dieu du jour et des arts, radieux Apollon,
    Digne de marcher à leur tête,
Reconnais le vainqueur de l'horrible Python.

À voler sur ses pas les muses empressées,
    Viennent s'offrir à nos transports.
La nature, les arts, le trésor des pensées
    Qu'une main fidèle a tracées,
De leur triple conquête enrichissent nos bords.

    France heureuse, quelle est ta gloire! etc.

De talens créateurs quelle foule rivale !
Guidez, sœurs d'Apollon, un cortège si beau !
L'Olympe en est jaloux et n'a rien qui l'égale.
La toile a respiré sous le feu du pinceau.
Tous ces marbres vivans sont les fils du ciseau.
    Devant leur marche triomphale
    La gloire élève son flambeau.

    France heureuse, quelle est ta gloire ! etc.

Beaux-arts, rois sans esclave, honneur de la patrie,
Venez dans leur palais succéder aux tyrans !
Leur trône est abattu ; leur mémoire est flétrie :
De l'immortalité sublimes conquérans,
    La vôtre est à jamais chérie !
Venez dans leur palais succéder aux tyrans.

France heureuse, quelle est ta gloire ! etc.

Jadis ces merveilles divines,
Rome les enlevait aux Grecs industrieux ;
Et dans la ville aux sept collines
Notre Mars enleva ces larcins glorieux.
Riche des dépouilles du Tibre,
La Seine triomphante et libre
Pour jamais les offre à nos yeux.

France heureuse, quelle est ta gloire ! etc.

Du bonheur des Français que Rome se console !
Rome a vaincu par nous le pontife et l'idole :
Son génie est ressuscité ;
Et les fils de Brennus rendent le Capitole
A son antique liberté !

France heureuse, quelle est ta gloire !
Tu vois les chefs-d'œuvre des arts,
Conquis des mains de la victoire,
Embellir tes nobles remparts.

ODE VIII.

ODE NATIONALE

CONTRE L'ANGLETERRE.

Discite justitiam...
VIRG. Æneid., lib VI.

andis que la Tamise, en ses mornes rivages,
ans son perfide sein méditant les ravages,
oule une onde infidèle et jalouse des lis,
a Seine aux bords rians, nymphe tranquille et pure,
orte son doux cristal, ennemi du parjure,
        A l'immense Thétis.

hétis voit accourir à son humide trône
e Tibre, l'Éridan, et le Tage, et le Rhône,
e Méandre incertain, le rapide Eurotas,
t le Volga pressant son onde hyperborée,
e Danube au long cours, le Rhin, l'Elbe, et la Sprée
        Amante des combats.

à, sous des bois vermeils inconnus aux dryades,
rraient de toutes parts de bruyantes naïades;

Tous les fleuves du monde y roulent leur destin :
Tous, ceints d'algue et de joncs, s'inclinant sur leur urne,
Près du fils orageux de l'antique Saturne,
     Partagent ses festins.

La Tamise elle seule, ivre de sa fortune,
Et dédaignant l'honneur des banquets de Neptune,
Entraînait aux combats ses perfides vaisseaux;
Aux bords américains déjà soufflant la guerre,
Son orgueil affectait l'empire de la terre
     Et le sceptre des eaux.

Sous les mers cependant les jeunes néréides
Ont prodigué les fruits nés de leurs champs humides!
Les coupes du nectar animent leurs banquets;
Et l'ambroisie exhale une nue odorante
Qui parfume à longs flots la voûte transparente
     Des liquides palais.

De l'Ohio tout-à-coup la naïade lointaine
Les frappe de ses cris, pâle, et fuyant à peine,
A travers l'Océan, de barbares vainqueurs :
Ses regards éperdus, sa tête échevelée,
De roseaux teints de sang horriblement voilée,
     Attestent ses malheurs.

Vengeance ! criait-elle ; ô Neptune ! vengeance !
Quel forfait de mes bords a souillé l'innocence !
J'ai vu la paix trahie abjurer nos climats.
Et toi, Seine, frémis à mes accens funèbres !

Tamise triomphe ; et ses exploits célèbres
  Sont des assassinats.

rédule à cette paix que l'infidèle atteste,
élas ! je reposais dans un calme funeste :
n cœur pur de soupçons est rarement armé.
es fils, sans crainte errans, dans leurs concerts sauvages,
haque jour éveillaient l'écho de mes rivages
   Au nom d'un peuple aimé ;

uand l'affreux ravisseur de la triste Acadie,
'Anglais, que sur mes bords guide la perfidie,
onde et voue un rempart à la nécessité ;
)e là, son glaive impie et ses feux sacriléges
habassent les Dieux, la paix, et de nos priviléges
   Bravent la sainteté.

,e Français se réveille au bruit de cette audace :
l sait du noir rempart l'insolente menace,
{t son courroux vengeur suspend encor ses traits :
\vant de foudroyer le crime et son asile,
,a sainte humanité confie à Jumonville
   Le rameau de la paix.

Il part : quinze guerriers, compagnons de son zèle,
Le suivent jusqu'aux bords de l'enceinte infidèle ;
Il parlait : il offrait l'olive à ces pervers.
O crime ! il tombe aux pieds de l'assassin farouche :

Le doux nom de la paix expire sur sa bouche ;
Sa troupe est dans les fers.

Dieu des mers, tu l'entends ! dit la Seine éperdue ;
On égorge mes fils : leur sang coule à ta vue ;
Et ce sang généreux ne serait point vengé !
Ne suis-je plus ta fille ? ô Neptune ! et toi-même
N'es-tu plus souverain de ce trident suprême
Par l'Anglais outragé ?

Voilà cette Albion, ce peuple magnanime
Que le savoir éclaire, et que l'honneur anime !
C'est lui qui lâchement ensanglante la paix :
De la terre et des mers déprédateur avare,
Au Huron qu'il dédaigne et qu'il nomme barbare
Il apprend les forfaits.

Tu voulus que tes flots unissent les deux mondes ;
Et du libre Océan il enchaîne les ondes !
Le cri des nations redemande les mers.
Purge tes flots sacrés de ses voiles parjures ;
Venge le sang français, mes larmes, mes injures,
Toi-même, et l'univers !

Elle dit, et ses sœurs autour d'elle gémissent ;
Attendris, indignés, tous les fleuves frémissent ;
Tous craignent d'enrichir l'insulaire odieux :
La nymphe au lit d'argent, l'Orellane en frissonne.
L'or du Tage pâlit, et le Gange emprisonne
Ses cristaux radieux.

Fleuves, rassurez-vous, dit l'époux d'Amphitrite :
Au livre des destins la vengeance est écrite ;
Albion expiera les maux de l'univers.
Avant que la Tamise ait compté quelques lustres,
Elle aura vu changer ses triomphes illustres
  En sinistres revers.

Vainement l'insolente à sa noble rivale
Croit opposer des flots l'orageux intervalle ;
La perfide s'épuise en efforts superflus.
Tremble, nouvelle Tyr ! un nouvel Alexandre
Sur l'onde, où tu régnais, va disperser ta cendre ;
  Ton nom même n'est plus.

ODE IX.

SUR HOMÈRE ET SUR OSSIAN.

La riante mythologie,
Que celle du chantre d'Hector !
Qu'il a de grâce et d'énergie !
Tout ce qu'il touche devient or.

De quels feux divers il compose
L'arc d'Iris au vol diligent !
Son Aurore a les doigts de rose,
Sa Thétis a les pieds d'argent.

Toujours neuf sans être bizarre,
Créant ses héros et ses dieux,
Que, loin des gouffres du Tartare,
Son vaste Olympe est radieux !

De Neptune frappant la terre
Le trident s'ouvre les enfers :
Tes noirs sourcils, dieu du tonnerre,
D'un signe ébranlent l'univers !

Le dieu qui foudroyait soupire,
Et l'Ida se couvre de fleurs ;

Je pleure à ce tendre sourire
Qu'Andromaque a mouillé de pleurs!

Homère et la nature même
Ont su, variant leur pinceau,
M'offrir l'antre de Polyphême
Et la grotte de Calypso.

Du vrai, du simple heureux modèle,
Qu'il est encore intéressant,
Quand d'Ulysse le chien fidèle
Expire en le reconnaissant!

Que le doux soleil de la Grèce
L'échauffe bien de ses rayons!
Mais Ossian n'a point d'ivresse :
La lune glace ses crayons.

Sa sublimité monotone
Plane sur de tristes climats :
C'est un long orage qui tonne
Dans la saison des noirs frimas.

Parmi les guerrières alarmes,
Fatigant sa lyre et sa voix,
Il parle d'armes, toujours d'armes,
Il entasse exploits sur exploits.

De mânes, de fantômes sombres
Il charge les ailes des vents ;

Et le souffle des pâles ombres
Se mêle au souffle des vivans.

Ses fleuves ont perdu leurs urnes ;
Ses lacs sont la prison des morts,
Et leurs naïades taciturnes
Sont les spectres des sombres bords.

Il n'a point d'Hébé, d'ambroisie,
Ni dans le ciel ni dans ses vers :
Sa nébuleuse poésie
Est fille des rocs et des mers.

Son génie errant et sauvage
Est cet ange noir que Milton
Nous peint, de nuage en nuage,
Roulant jusques au Phlégéton.

Vive Homère et son Élysée,
Et son Olympe et ses héros,
Et sa muse favorisée
Des regards du dieu de Claros !

Mes amis, qu'Apollon nous garde
Et des Faingals et des Oscars,
Et du sublime ennui d'un barde
Qui chante au milieu des brouillards !

ODE X.

CHANT DU BANQUET RÉPUBLICAIN,

APRÈS

LA BATAILLE DE MARENGO ET LA SIGNATURE DE LA PAIX.

Nunc est bibendum....
HORACE.

O jour d'éternelle mémoire,
Embellis-toi de nos lauriers !
Siècles ! vous aurez peine à croire
Les prodiges de nos guerriers :
L'ennemi disparu fuit, ou boit l'onde noire.
　Sous des lauriers que Bacchus a d'attraits !
Enivrons, mes amis, la coupe de la gloire
　D'un nectar pétillant et frais.
　Buvons, buvons à la victoire,
　Fidèle amante du Français !

Sa gaité, fille du courage,
Par un sourire belliqueux
Déconcerte la sombre rage

21.

De l'Anglais morne et ténébreux.
Le Français chante encore en volant au carnage.
　　Sous des lauriers, etc.

Liberté! préside à nos fêtes;
Jouis de nos brillans exploits!
Les Alpes ont courbé leurs têtes,
Et n'ont pu défendre les rois.
L'Éridan conte aux mers nos rapides conquêtes.
　　Sous des lauriers, etc.

L'Adda, sur ses gouffres avides,
Offre un pont* de foudres armé.
Mars s'étonne; mais nos Alcides
Franchissent l'obstacle enflammé :
La victoire a pâli pour ces cœurs intrépides.
　　Sous des lauriers, etc.

Quelle est cette race lointaine **
Qui du pôle a fui les déserts?
Quoi! la Néva jusqu'à la Seine
Roulait ses glaçons et des fers!
Tu les as dévorés, foudre républicaine.
　　Sous des lauriers, etc.

Quel choc!*** le sort quatre fois change;
Partout siffle le plomb mortel.

* Pont de Lodi, première campagne en Italie.
** Deuxième campagne, en Italie et en Helvétie.
*** Bataille de Marengo, troisième campagne en Italie.

Au premier rang de sa phalange,
Desaix.... sa tombe est un autel !
u lieu de le pleurer, Bonaparte le venge.
        Sous des lauriers, etc.

Rival de la flamme et d'Éole,
Le Français triomphe en courant.
Pareil à la foudre qui vole,
Moreau* poursuit l'aigle expirant,
aigle qui s'élançait de Vienne au Capitole.
        Sous des lauriers, etc.

Tout cède au bras d'un peuple libre,
Les rochers, les torrens, le sort.
De ses coups, dont frémit le Tibre,
Le Sud épouvante le Nord.
France donne au monde un nouvel équilibre**.
        Sous des lauriers, etc.

Tamise ! en tes grottes profondes,
Pleure tes coupables trésors !
Qu'à tes fils, horreur des deux mondes,
La terre ferme tous ses ports !
u'ils errent, exilés sur l'abîme des ondes***.
        Sous des lauriers, etc.

* Campagne en Germanie, fin des campagnes.
** Traité de paix aussi neuf que glorieux, et que la politique pla-
ra au-dessus des fameux traités de Munster et de Westphalie.
*** Vœu de la quadruple alliance.

Rois trompés* qu'Albion caresse,
Pâles d'un stérile courroux,
Frémissez de notre allégresse ;
Mais vous, peuples, rassurez-vous :
Partagez du Français la triomphante ivresse !
    Sous des lauriers, etc.

Sous la main de nos Praxitèles,
Respirez, marbres de Paros !
Muses ! vos lyres immortelles
Nous doivent l'hymne des héros.
Il faut de nouveaux chants pour des palmes nouvelles.
    Sous des lauriers que Bacchus a d'attraits !
Enivrons, mes amis, la coupe de la gloire
    D'un nectar pétillant et frais :
    Buvons, buvons à la victoire ;
    La victoire a conquis la paix.

    * Rois de Naples, de Portugal et de Sardaigne.

ODE XI.

1787.

Exegi monumentum.
HORACE.

Grâce à la muse qui m'inspire,
Il est fini ce monument
Que jamais ne pourront détruire
Le fer ni le flot écumant.
Le ciel même, armé de la foudre,
Ne saurait le réduire en poudre :
Les siècles l'essairaient en vain.
Il brave ces tyrans avides,
Plus hardi que les Pyramides,
Et plus durable que l'airain.

Qu'atteste leur masse insensée ?
Rien qu'un néant ambitieux :
Mais l'ouvrage de la pensée
Est immortel comme les dieux.
Le temps a soufflé sur la cendre
Des murs qu'aux rives du Scamandre
Cherchait l'ami d'Éphestion ;

Mais quand tout meurt, peuples, monarques,
Homère triomphe des parques
Qui triomphèrent d'Ilion.

Sur les ruines de Palmire
Saturne a promené sa faux ;
Mais l'univers encore admire
Les Pindares et les Saphos.
Frappé de cette gloire immense,
Le fameux vainqueur de Numance,
Par tant de palmes ennobli,
Voulut qu'en sa tombe honorée
D'Ennius l'image sacrée
Le protégeât contre l'oubli.

Cet hymne même que j'achève
Ne périra point comme vous,
Vains palais que le faste élève,
Et que détruit le temps jaloux.
Vous tomberez, marbres, portiques,
Vous dont les sculptures antiques
Décorent nos vastes remparts ;
Et de ces tours au front superbe
La Seine un jour verra sous l'herbe
Ramper tous les débris épars.

Mais tant que son onde charmée
Baignera l'empire des lis,
De ma tardive renommée
Ses fastes seront embellis.

Elle entendra ma lyre encore
D'un roi généreux qui l'honore
Chanter les augustes bienfaits,
Ma lyre, qui dans sa colère
A d'une Thémis adultère
Consacré les lâches forfaits.

Élève du second Racine,
Ami de l'immortel Buffon,
J'osai, sur la double colline,
Allier Lucrèce à Newton.
Des badinages de Catulle
Aux pleurs du sensible Tibulle
On m'a vu passer tour à tour;
Et sur les ailes de Pindare,
Sans craindre le destin d'Icare,
Voler jusqu'à l'astre du jour.

Comme l'encens qui s'évapore
Et des dieux parfume l'autel,
Le feu sacré qui me dévore
Brûle ce que j'ai de mortel.
Mon âme jamais ne sommeille:
Elle est cette flamme qui veille
Au sanctuaire de Vesta;
Et mon génie est comme Alcide,
Qui se livre au bûcher avide
Pour renaître au sommet d'Œta.

Non, non ; je ne dois point descendre
Au noir empire de la mort :
Amis ! épargnez à ma cendre
Des pleurs indignes de mon sort.
Laissez un deuil pusillanime :
Croyez-en le dieu qui m'anime ;
Je ne mourrai point tout entier.
Eh ! ne voyez-vous pas la gloire
Qui, jusqu'au temple de mémoire,
Me fraie un lumineux sentier ?

J'échappe à ce globe de fange :
Quel triomphe plus solennel !
C'est la mort même qui me venge :
Je commence un jour éternel.
Comme un cèdre aux vastes ombrages,
Mon nom, croissant avec les âges,
Règne sur la postérité.
Siècles ! vous êtes ma conquête :
Et la palme qui ceint ma tête
Rayonne d'immortalité.

FIN.

TABLE

DES MATIÈRES DU PREMIER VOLUME.

1.   22

LIVRE CINQUIÈME.

LIVRE SIXIÈME.

FIN DE LA TABLE.

IMPRIMERIE DE DÉCOURCHANT.